dtv

Reihe Hanser

Unverkäufliches Leseexemplar

Wir freuen uns über Ihre Rückmeldung an

Lesermeinung@dtv.de

Mit einer Zitierung Ihrer Meinung

erklären Sie sich einverstanden.

ISBN 978-3-423-64076-3

ca. € 13,95 [D], € 14,40 [A], 19,50 SFr

Wichtiger Hinweis:

Das Lektorat dieses Textes ist noch nicht abgeschlossen.

Zum konkreten Stand der Korrekturen

wenden Sie sich bitte an den Verlag.

Bei Rezensionen beachten Sie bitte

die Sperrfrist bis zum Erscheinungstermin

am 22.01.2021

Malin Klingenberg

Elchtage

Aus dem Schwedischen von
Anu Stohner

dtv

1

Es war die letzte Pause des Tages, und die meisten von uns waren auf dem Schulhof. Im Schatten der Ziegelmauer standen die Emo-Girls, die so gelangweilt aussahen wie immer, und auf der Treppe saßen die Landeier von der Rockabilly-Gang, die jeden Tag vom Schulbus hin- und hergefahren wurden. Die Buchnerds saßen um einen der abgenutzten Holztische, die Pferdemädchen lagen auf dem Rasen, und die drei Hipster der Schule standen mit ihren Longboards vor der Einfahrt zum Schulgelände und schauten jeder in eine andere Richtung, als würden sie einander nicht kennen.

Ich gehörte nirgends dazu. Ich saß allein auf einer freien Bank und beobachtete alles, behielt aber hauptsächlich die Gruppe der fünf In-Mädchen aus meiner Klasse im Auge. Sie hatten eine Seite eines Tisches in meiner Nähe besetzt.

Den fünf gegenüber saß Sebastian, und sie starrten ihn zwar nicht direkt an, aber es war nicht schwer zu erkennen, dass sie alles taten, damit er auf sie aufmerksam wurde. Sie warfen abwechselnd die Haare nach hinten, kicherten gekünstelt und klimperten mit ihren von schwarzer Wimperntusche schweren Wimpern. Es sollte aussehen, als quatschten sie miteinander, dabei saßen sie alle mit dem Gesicht zu ihm.

Eigentlich hätte Sebastian beim Anblick so vieler sich ins Zeug legender Mädchen mit Lipgloss auf den Lippen, als hätten sie gerade Grillhähnchen verspeist, ohnmächtig werden müssen. Dann wäre das Spektakel wenigstens nicht ganz umsonst gewesen. Aber so ausdauernd, wie er auf sein Handy schaute, schien die Sache nicht besonders gut zu funktionieren.

Ich verstand nicht wirklich, was an Sebastian so fantastisch sein sollte. Seine Augen vielleicht? Oder seine Klamotten?

Lusse trieb es wie immer am schlimmsten. Wir waren seit der Ersten in derselben Klasse, jetzt gingen wir in die Siebte, und angeblich war es nur eine Frage der Zeit, bis Sebastian sich Hals über Kopf in sie verliebte, obwohl er schon in der Achten war. Viktoria, eine ihrer Anhängerinnen, stand in der Hackordnung der In-Gruppe knapp unter ihr. Von zwei anderen Mädchen wusste ich noch nicht, wie sie hießen, denn unsere Siebte war gerade neu zusammengesetzt worden.

Und dann war da noch Sandra, die meine allerbeste Freundin gewesen war, bis vor Kurzem das neue Schuljahr angefangen hatte.

Heute trug sie zum ersten Mal ein Glitzertop und enge Jeans, die ihre Beine unendlich lang aussehen ließen. Obwohl sie sich auf den ersten Blick wie die anderen vier Mädchen benahm, merkte ich, dass sie in Wirklichkeit viel ruhiger war. Man hätte denken können, dass sie die anderen beobachtete wie eine Wissenschaftlerin, die gerade eine Feldstudie über Teenagerverhalten machte. Wenn die anderen lachten, lachte sie auch, aber ich wusste, dass ihr echtes Lachen anders klang. Als sich kurz unsere Blicke trafen, schaute sie schnell weg.

Lusse hätte man noch am ehesten abgenommen, dass ihr Gekicher und Geklimper nichts mit Sebastian zu tun hatte. Sie machte das sehr geschickt und schielte während der ganzen Pause überhaupt nur zweimal zu ihm hin. Ich habe mitgezählt. Das genaue Gegenteil war Viktoria, die ihm in ihrer Verzweiflung ständig schmachtende Blicke zuwarf. Alles vergebens. Keins der Mädchen brachte ihn dazu, von seinem Handy aufzuschauen.

Ich selbst fand Sebastian okay. Objektiv betrachtet, sah er auch gar nicht schlecht aus. Braune Augen, braune Haare, gerade Zähne. Das heißt, ein Eckzahn stand ein bisschen schief, das war irgendwie niedlich. Sonst war alles ziemlich so, wie es sein sollte. Aber wenn man Lusse und Viktoria zuhörte, konnte man denken, dass er schon fast überirdisch schön war. Bei seinem Anblick hätte ich demnach Schmetterlinge im Bauch, Herzrasen und rote Wangen kriegen müssen. Mindestens.

Aber ich spürte nichts davon.

Im letzten Jahr war Sandra dauerverliebt gewesen, und ich hatte jedes Mal, wenn sie von Jungs anfing, so hartnäckig das Thema gewechselt, dass sie am Ende Ruhe gab. Ich hatte sie in der Zeit für nicht mehr ganz bei Trost gehalten, aber inzwischen fragte ich mich, ob womöglich umgekehrt mit mir was nicht stimmte. Konnte es sein, dass ich mir nichts aus Jungs machte? Oder aus Menschen überhaupt?

Jedenfalls konnte ich richtig gut allein sein. Doch, das konnte ich. Vielleicht sogar zu gut.

Plötzlich schaute Sebastian doch noch auf. Er sah sogar zu mir her. Und ich hob das Kinn und grüßte ihn mit einem kurzen Nicken, weil mir alles andere komisch vorgekommen wäre. Wir kannten uns nicht besonders gut, aber schließlich waren wir seit Jahren an derselben Schule. Er nickte zurück, lächelte und schaute wieder auf sein Handy.

Nein, auch sein berühmtes Lächeln half mir nicht zu verstehen, was an ihm so besonders sein sollte.

Am Nachbartisch war es jetzt still. Den zwei namenlosen Mädchen standen die lipglossglänzenden Lippen offen, Viktorias Mund war zur Rosine geschrumpft, und Lusse starrte Sebastian ohne jede Diskretion oder Verstellung direkt an.

Alle starrten sie jetzt Sebastian an, nur Sandra nicht. Sie schaute zu Boden und biss die Zähne zusammen wie immer, wenn sie sich über etwas ärgerte. Oder über jemanden. Ohne jeden Zweifel war dieser Jemand gerade ich. Und es war mir vollkommen egal.

2

Beim Klingeln nach der letzten Stunde stürzten alle wie losgelassen aus der Tür. Es war Freitag, und die meisten wollten nach Hause oder wenigstens schnell von der Schule weg. Nur ich hatte es nicht eilig. Ich setzte in aller Ruhe den Rucksack auf und schlenderte zur Tür.

Ich hörte ihre Stimmen schon auf der Treppe. Sie standen mitten auf dem Schulhof und redeten so angeberisch laut wie immer.

»Bin ich froh, wenn endlich Herbstferien sind!«

Es war Lusse, die das fast herausschrie, und man merkte, dass sie gern gefragt werden wollte, was sie denn in den Ferien Großes vorhabe. Klar fragte jemand.

»Wir sind wieder auf Madeira – Sonne, Meer und Drinks am Pool!«, verkündete Lusse und lächelte, als wäre Orangensaft etwas, was man nur weit weg von zu Hause bekam. »Diesmal gehen wir auch wandern. Die Wanderwege dort sind … legendisch.«

Von ihren Zuhörern kam ein beeindrucktes Raunen, und das war gut so, weil man sonst gehört hätte, wie ich losprustete. *Legendisch* – echt jetzt?

Nach dem Geraune wandte sich Lusse an Sandra, die am äußeren Rand des Zuhörerkreises stand.

»Und wie sieht's bei dir aus? Wird das jetzt was mit Afrika?«

Normalerweise hellte sich Sandras Gesicht auf, wenn Lusse mit ihr redete, aber diesmal nicht. Sie schaute zu Boden und trat gegen einen kleinen Kiesel, der in einer Ritze des Schulhofpflasters festklemmte.

»Klar«, murmelte sie, als wünschte ein Teil von ihr, dass niemand es hörte.

Es war erst ein paar Tage her, dass Sandra die Lügengeschichte aufgebracht hatte, sie mache in den Herbstferien eine Safari in Afrika. In der Umkleide war das gewesen, nach dem Sport, und alles hatte damit angefangen, dass Viktoria erzählte, in den Weihnachtsferien reisten sie dieses Jahr nach Bali. Da hatte Sandra eine angebliche Reise in den Herbstferien erfunden, und als Viktoria wissen wollte, wohin, hatte sie das mit Afrika und der Safari erzählt. Ich hätte Sandra am liebsten geschüttelt und sie daran erinnert, dass sie doch sonst nicht so blöd war und bestimmt wusste, dass man sich, um überzeugend zu lügen, nicht zu weit von der Wahrheit entfernen durfte. Ich dachte, alle wüssten das.

»Na, hoffentlich fängst du dir nichts Schlimmes ein, Ebola oder so!«, sagte Viktoria jetzt. Anders als Lusse konnte sie kaum verbergen, dass sie nicht an die Afrikareise glaubte.

»Himmel, nun mach ihr doch keine Angst!«, rief Lusse

mit gespielter Empörung, dann wandte sie sich mit einem zuckersüßen Lächeln wieder Sandra zu. »Natürlich kriegst du kein Ebola – und wenn, hast du eine fünfzigprozentige Chance, es zu überleben.«

*

Lusses Vater und Viktorias Mutter hielten gleichzeitig neben dem Schulhof, er in seinem schwarz glänzenden Mercedes und sie in ihrem goldfarbenen Nissan. In der Fünften war ich einmal in dem Mercedes mitgefahren. Er hatte Ledersitze und roch unglaublich gut, vor allem, wenn man ihn mit Mamas nach Zigarettenqualm stinkendem Opel verglich.

Lusse und Viktoria stiegen ein, und ich stellte mir vor, wie sie sich zu Hause erst ein wenig ausruhten, bevor sie sich neu schminkten und wieder an Achtklässlerjungs dachten, die gar nicht anders konnten, als sich in sie zu verlieben. Auch alle anderen machten Anstalten zu gehen, aber ich schaffte es noch, mich Sandra in den Weg zu stellen.

»Und wie willst du aus der Nummer wieder rauskommen?«, fragte ich sie.

»Das geht dich einen Scheißdreck an«, sagte sie.

Dann ließ sie mich stehen und ging zu ihrem Fahrrad.

3

Eine halbe Stunde später kam ich zu Hause an. Mama und Papa waren früh am Morgen zur Arbeit gefahren und frühestens um sechs zurück.

Manchmal überlegte ich mir, wie es wäre, wenn ich größere Geschwister hätte, zum Beispiel einen großen Bruder. Es endete regelmäßig damit, dass ich es allein am schönsten fand. Sandra hatte einen großen Bruder, den ich nicht ertragen hätte. Er hieß John, hockte immer nur in seinem Zimmer und spielte Computerspiele. Außerdem roch er nach Schweiß, Mitessern und Abiturstress.

Ich ging nicht gleich ins Haus, sondern spähte durch die Hecke an unserer Grundstücksgrenze nach nebenan, wo Sandra wohnte. Das Auto war weg, aber Sandras neues weißes Fahrrad stand in der Einfahrt, also war sie auch schon da. An einem Freitag vor ein paar Wochen wären wir zusammen von der Schule nach Hause gegangen und hätten den ganzen Nachmittag gechillt, dann bei mir oder bei ihr zu Abend gegessen und einen Film geschaut, bis es Zeit gewesen wäre, ins Bett zu gehen. Oder ich hätte allein bestimmen dürfen, was wir machen, dann wären wir bis zum Abendessen in den Wald gegangen.

Das alles hatte sich seit dem Schulanfang nach den Sommerferien geändert. Gleich am ersten Tag in der Siebten hatte Sandra beschlossen, dass es von nun an das Wichtigste in ihrem Leben war, mit Lusse und Viktoria befreundet zu sein. Ich war plötzlich nicht mehr ihre Freundin, sondern ein Klotz am Bein.

Ich hatte nämlich null Bedürfnis, mich Lusses und Viktorias Fanclub anzuschließen, schon deshalb nicht, weil sie sich aufführten, als wären alle, die es nicht taten und sie nicht grenzenlos bewunderten, mehr oder weniger Luft. Im Gegenzug durften sich alle, denen sie ihre Aufmerksamkeit schenkten, fantastisch vorkommen. Es war ein großzügiges Angebot, aber ich zog es vor, mich ganz okay zu fühlen.

Nebenan ging jetzt die Haustür auf, und Sandra kam heraus. Sie hatte ihre schicken neuen Schulklamotten gegen eine Jogginghose und ein grünes T-Shirt getauscht. Sie schlüpfte in ihre Joggingschuhe, die draußen auf der Treppe standen, und lief in Richtung Waldrand.

Ich hatte sowieso keinen Plan und beschloss herauszufinden, was sie vorhatte. Ich ließ die Schultasche fallen, drängte mich durch die Hecke und lief ihr hinterher.

*

Wo der Wald dichter wurde, hörte Sandra auf zu laufen und ging nur noch im Spaziertempo. Dass sie nicht allein unterwegs war, merkte sie gar nicht, was mich wunderte:

Wir hatten von klein auf geübt, wie man sich so im Wald bewegte, dass einem nichts entging.

Irgendwann hob sie einen Stock auf, schlug damit immer wieder gegen im Weg stehende Bäume und redete dabei mit sich selbst. Ich war aber zu weit entfernt, um zu verstehen, was sie sagte.

Als sie in den Pfad zum See einbog, wusste ich, wohin sie wollte. Von da an nahm ich einen anderen, etwas längeren Weg, der nicht direkt dorthin führte. Ich wollte vermeiden, dass sie mich doch noch entdeckte.

Wie sich herausstellte, war Sandra nicht die Einzige, die sich achtloser im Wald bewegte, als wir es so lange geübt hatten. Ausgerechnet kurz vorm Ziel, nur ein paar Schritte von unserer Hütte entfernt, stolperte ich über eine Wurzel und schlug der Länge nach hin. Mit einem Knie landete ich genau auf einem Tannenzapfen.

»Aua!«, rutschte es mir heraus, und im nächsten Moment flog krachend die Hüttentür auf.

4

Die Hütte am See hatten wir gebaut, als wir acht waren. Meine Eltern hatten uns von Anfang an geholfen, erst beim Bauen und später, als wir Möbel brauchten.

Es hatte lange gedauert, den ganzen Sommer zwischen der zweiten und dritten Klasse. Jede freie Minute waren meine Eltern mit uns in den Wald gegangen, und sogar meine Tanten Ulla und Paula hatten ihren Urlaub für den Hüttenbau geopfert.

Hinterher konnte man genau sehen, welche Bretter die Erwachsenen und welche Sandra und ich festgenagelt hatten. Als die Hütte fertig war, verbrachten wir dort für ein paar Jahre fast den ganzen Frühling, Sommer und Herbst. Die Hütte war ein richtiges kleines Haus mit vier Wänden, oben einem Dach und unten einem Boden auf dicken, in den Waldboden gerammten Stelzen. Zur Tür führte eine breite Treppe, auf der man auch gut sitzen konnte.

Wenn man eintrat, stand links ein hoher offener Schrank mit vielen Fächern. Dort lagen Pullis und Hosen für alle Fälle, stapelweise Micky-Maus-Hefte und alle möglichen Zeitschriften. Gleich neben dem Schrank stand ein Etagenbett mit bunten Vorhängen und vielen weichen Kissen. Sandra und ich schliefen abwechselnd oben, weil es eindeutig der schönere Platz war. Vor allem gab es oben ein schmales Fenster, von dem aus man den Pfad zur Hütte im Auge behalten konnte, und ein kleines Regal für Süßigkeiten und Bücher. Das untere Bett war nicht ganz so perfekt, aber schön gemütlich war es auch. Mit zugezogenen Vorhängen wurde es da nur so stockdunkel, dass man sogar im hellsten Sommer eine Taschenlampe brauchte.

Am Fenster stand ein Esstisch mit drei Stühlen, darüber war eine batteriebetriebene Sturmleuchte angebracht. An der rechten Wand gab es eine lange Küchenzeile mit einer Spüle und darüber einem Wasserbehälter, den wir mit sauberem Wasser aus einer nahen Quelle befüllen konnten. Dann war da ein Vorratsschrank, und in einem Regal waren Teller, Töpfe und Besteck untergebracht, alles Sachen, die Ulla und Paula zu Hause ausrangiert hatten.

An meinem dreizehnten Geburtstag in diesem Sommer hatte Papa sogar einen alten gusseisernen Herd angeschleppt und auf einem Plateau aus Ziegeln vor der Hütte aufgestellt. Seine hundertfach wiederholten Ermahnungen, worauf wir beim Kochen alles achten sollten, werde ich im ganzen Leben nicht vergessen.

Macht nie Feuer, wenn es im Wald trocken ist!

Löscht das Feuer immer mit Wasser!

Lasst nie ein brennendes Feuer zurück!

Paula schenkte uns ein passendes altes Pfadfinderkochbuch, und wir kamen nur noch zum Abendessen zu unseren

Familien nach Hause. Die Tage vergingen mit Lesen, Angeln im See und Chillen, und nach den abendlichen Stippvisiten zu Hause eilten wir so schnell wie möglich zurück, um in der Hütte zu übernachten.

Als ich jetzt daran dachte, konnte ich kaum glauben, dass es erst einen Monat her war, dass wir das letzte Feuer im Herd gelöscht hatten. Sandra war mit ihrer Familie zu einem Familienfest nach Norwegen gefahren und zwei Wochen dort geblieben. Zwei Wochen nur – dann fing die Schule wieder an, und Sandra war eine Fremde.

Seitdem war ich nicht mehr zur Hütte gegangen, kein einziges Mal. Es wäre einfach nicht dasselbe gewesen. Dass Sandra ohne mich hierherkam, machte mich wütend. Tief in meinem Innersten hatte ich immer gefunden, dass mir die Hütte mehr gehörte als ihr. Ich hätte es nur niemals laut gesagt.

*

Als ich sie jetzt anstarrte, war ich mir ziemlich sicher, dass sie gereizt reagieren würde, wie neuerdings fast immer, wenn ich in ihre Nähe kam. Aber der Wald schien sie friedlich zu stimmen.

»Blutet das Knie?«, fragte sie nur.

Ich fühlte nach und sagte: »Nein.«

Dann stand ich auf und wischte mir ein paar Tannennadeln von der Hose.

Wir sahen einander an und wussten erst mal beide

nicht, was wir noch sagen sollten. Schließlich ging sie zurück in die Hütte, und ich folgte ihr.

»Was machst du hier?«, fragte ich.

»Nichts Besonderes.«

Ich sah, dass sie einen Stapel alte Zeitschriften aus dem Regal geholt und auf den Tisch gepackt hatte. Sie setzte sich, nahm die oberste Zeitschrift und fing an zu lesen. Ich zog meine Jacke aus, setzte mich ihr gegenüber und machte dasselbe.

Wir saßen da und lasen, durch die offene Tür duftete es herrlich nach Wald, Moos und See, und wenn ich alles andere ausblendete, war es fast wie früher. Dann seufzte Sandra, und um die ganze schöne Illusion war es geschehen.

»Wenn man dich fragen würde: Für wie wahrscheinlich würdest *du's* denn halten, dass wir in den Herbstferien nach Afrika fliegen?«

Ich rümpfte die Nase. Meine Einschätzung lag ziemlich genau bei null Prozent. Sandras Eltern hatten beide gute Jobs, aber ihren Kindern gegenüber waren sie knauserig. Letztes Jahr, in der Sechsten, hatte Sandra nicht viel mehr Taschengeld bekommen als in der Ersten. Und mit ihrem viel zu kleinen Fahrrad, das sie hatte, seit sie acht war, war sie auch noch herumgefahren. Allerdings besaß sie jetzt das nagelneue weiße. Dazu die neuen Kleider – anscheinend hatte sich bei ihr einiges geändert. So wie sie selbst sich auch geändert hatte. Trotzdem, so verschwenderisch, dass sie gleich Afrikareisen machten, waren ihre Eltern bestimmt nicht geworden.

»Wenigstens ist das Risiko, in den Herbstferien Lusse und Viktoria über den Weg zu laufen, nicht sehr groß«, sagte ich nach einer Weile. »Sie werden nur Fotos von der Safari sehen wollen.«

»Ich weiß, aber wozu gibt's Photoshop«, sagte Sandra und verzog den Mund zu einer Grimasse, die wohl ein Lächeln hatte werden sollen.

Aber auch mir verrutschte ein Lächeln, weil ich wusste, woran sie gerade dachte: an die Geschichte, die wir im Frühjahr auf Tumblr gefunden hatten. Ein amerikanischer Junge wollte seinen Kumpels vormachen, er wäre in China gewesen, aber die Beweisfotos, die er dafür zusammengebastelt hatte, waren so grottenschlecht, dass es sogar Sandra besser hingekriegt hätte, obwohl sie am Computer eine absolute Niete war. Man sah einen schlappen blassen Jungen, wie er an allen möglichen Stellen von der Großen Mauer auf irgendwelche chinesischen Sehenswürdigkeiten schaute, aber es stimmten keine Proportionen, kein Licht und nichts.

Vor ein paar Monaten hatten wir uns darüber noch schlapp gelacht. Jetzt ging das nicht mehr.

5

Wir lasen noch eine Weile, und ich schielte in regelmäßigen Abständen zu Sandra hin. Sie sah eher traurig aus als sauer. Obwohl sie scheinbar konzentriert in der Zeitschrift blätterte, spürte ich, dass sie mit den Gedanken woanders war.

»Was glotzt du denn so?«, murmelte sie irgendwann.

»Kannst du mir sagen, warum du nur noch mit *denen* rumhängen willst?«, fragte ich. »Das zieht dich doch bloß runter.«

Sie machte sich nicht mal die Mühe zu antworten.

Lusse und Viktoria waren die taffsten und hübschesten Mädchen der ganzen siebten Klasse. Ich war nur gewöhnlich. Und gewöhnlich war langweilig. Ich mochte Lesen, Filmegucken und Im-Wald-Sein. Mein Aussehen und was andere über mich dachten, war mir egal. Hauptsache, ich hatte Spaß. Aber das schien Sandra nicht mehr zu reichen.

»Kannst du nicht einfach wieder so sein wie immer?«, fragte ich, ohne groß darüber nachzudenken, was ich mir für eine Antwort einfangen könnte.

»Checkst du's nicht?«, fauchte sie mich an. »Checkst

du nicht, dass ich genau das *nicht* will? Ich will, dass es mit der langweiligen, hässlichen, mickrigen Sandra endlich mal vorbei ist! Weil es im Leben noch mehr geben muss als das hier, okay?«

Sie zeigte erst auf sich und dann auf mich.

Obwohl mich die Antwort nicht wirklich überraschte, tat sie weh. Vor allem schmerzte die Wut, mit der Sandra sie mir entgegenschleuderte.

»Nimm nur mal die Hütte hier!«, schrie sie. »Falls du's nicht gemerkt hast, wir sind jetzt in der *Siebten*!«

Der Schmerz in meiner Brust wurde zu einem wütenden Feuer. Sie konnte mich ja für langweilig halten, aber gegen die Hütte zu wettern ging gar nicht. Die hatten wir geliebt, seit wir klein waren, auf die ließ ich nichts kommen.

»Dann hau doch ab, wenn du's hier zu kindisch findest!«, fuhr ich sie an.

Vielleicht hoffte ich insgeheim, dass sie alles zurücknahm, aber sie tat es nicht.

»Gern«, sagte sie, schmiss die Zeitschrift auf den Boden, rannte aus der Tür und knallte sie so fest zu, dass das hölzerne Namensschild mit der Aufschrift »Johanna und Sandra« abfiel. Ich hörte, wie es auf die Treppenstufen polterte.

Der Wald und die Hütte waren immer ein bisschen mehr mein Ding gewesen. Trotzdem überraschte es mich, wie leicht Sandra sich davon lösen konnte. Und offensichtlich meinte sie es ernst. Als ich die Tür öffnete und auf die

Treppe trat, sah ich nur noch ihren wütenden Rücken zwischen den Bäumen verschwinden.

Ich wollte das Namensschild wieder aufhängen, änderte aber meine Meinung und warf es zum Feuerholz für den Herd. Ich schaffte es nicht einmal, richtig traurig zu sein. Ich fühlte mich einfach nur leer und müde.

Na schön, dachte ich, dann müssen wir uns wenigstens nicht mehr streiten, wer ins obere Bett darf. Ich kletterte hoch und legte mich auf den Rücken. Dann schloss ich die Augen und tat so, als wäre Sandra nie hier gewesen.

*

Ich erwachte von einem Knacken. Zwei Elchkühe stolzierten an der Hütte vorbei zum Seeufer und blieben dort stehen.

In der Dämmerung war der See der perfekte Ort, um wilde Tiere zu beobachten. Unser Rekord für ein Wochenende waren vier Rehe, zwei Füchse, eine Waldmaus und ein Elch.

Die Elchkühe waren durstig und tranken. Obwohl es schon recht dunkel war, sah ich, dass eine der beiden weiße Flecken auf der mir zugewandten Seite des Halses hatte. Gerade hörte sie auf zu trinken und rupfte ein Büschel Ufergras. Die andere hatte das Maul noch im Wasser und trank in großen Schlucken.

Ich kletterte vom Bett und ging hinaus auf die Treppe, leise natürlich, trotzdem rechnete ich damit, dass mich die

Elche bemerkten. Sie taten es auch, aber sie schienen nicht vor mir zu erschrecken und zuckten nur ein paarmal mit den Ohren. Ich setzte mich vorsichtig auf die unterste Treppenstufe. Die grasende Elchkuh drehte den Kopf und schaute mich, gemächlich weiterkauend, aufmerksam an. Obwohl ich wusste, dass es idiotisch war, eine Elchkuh anzulächeln, konnte ich nicht anders.

»Na du?«, sagte ich im Flüsterton.

Sie spitzte die Ohren und kaute für einen Augenblick nicht mehr. Dann machte sie ruhig weiter.

Die beiden fraßen und tranken noch länger, ehe sie denselben Weg zurückgingen, den sie gekommen waren.

Es geschah Sandra ganz recht, dass sie das hier verpasste!

*

Als ich nach Hause kam, stand Mama in der Küche und knetete Pizzateig.

»Hallo! Papa kommt auch bald. – Und wie war's im Wald? Isst Sandra bei uns oder zu Hause?«

Meine Eltern waren in Ordnung, aber vollkommen ahnungslos in allem, was nichts mit ihrem Geschäft zu tun hatte. Dass Sandra und ich schon seit dem Schulanfang nichts mehr zusammen unternommen hatten, war an ihnen vollkommen vorbeigegangen.

Ich murmelte was von »heute nicht« und dass Sandra zu Hause esse, dann machte ich mich daran, den Käse für die Pizza zu reiben. Mama hatte das Radio so laut aufgedreht, dass man kaum reden konnte, und mir war es nur recht. So konnte ich in Ruhe über die Begegnung mit den Elchen nachdenken. Und mich über Sandra ärgern. Sandra, die Verräterin.

Papa kam genau passend zur fertigen Pizza. Wir aßen, und sie redeten übers Geschäft. Meine Eltern betrieben eine Reinigung für Kleider, Teppiche und Bettwäsche, und man glaubt nicht, wie viel es immer über Waschmittel und neue Waschmaschinen zu sagen gab. Als ich meinen Teil der Pizza gegessen hatte, bedankte ich mich, lieh mir Mamas Laptop aus und ging damit nach oben in mein Zimmer.

Während der Laptop hochfuhr, schaute ich aus dem Fenster und sah, wie nebenan Sandra auf ihr Fahrrad stieg. Obwohl es schon dunkel war, konnte ich erkennen, dass sie wieder ihre neuen Klamotten trug.

Ich überlegte, dass ich mich, wenn ich wieder ihre Freundin werden wollte, doch eigentlich nur zu ändern bräuchte. Ich hätte mich nur so anziehen müssen wie Lusse und Viktoria, und meine Mutter hätte sich noch gefreut, dass ich nicht immer nur in langweiligen Jeans und Holzfällerhemden herumlief.

Vielleicht wäre es mir sogar leichtgefallen, mich in jemanden wie Lusse und Viktoria zu verwandeln, jedenfalls leichter als Sandra, die viel mehr über sich und die anderen nachgrübelte als ich. Wenn einem egal ist, was die Leute denken, kann man kaum was verkehrt machen. Für Sandra mit ihrer Todesangst, sich zu blamieren, stand dagegen richtig viel auf dem Spiel.

Ich mochte mich ganz genau so, wie ich war. Wenn das für Sandra nicht reichte, blieb ich lieber allein.

6

Ich war mir ziemlich sicher, dass Sandra nicht mehr zur Hütte kommen würde. Die gehörte jetzt nur noch mir.

Als ich das nächste Mal dort war, lag der See spiegelglatt und still. Ich kehrte ein paar trockene Blätter von der Treppe und tauschte das Wasser im Tank über der Spüle aus.

Als ich mich an meinen gewohnten Platz am Tisch setzen wollte, zögerte ich. Hatte ich jemals Sandras Stuhl ausprobiert? Meiner war so glänzend grün wie Birkenblätter nach dem Regen. Ich hatte ihn selbst lackiert und liebte ihn. Sandras Stuhl war schmutzig weiß und hatte eine gepolsterte, mit Rosen bestickte Sitzfläche. Ich fand immer, er hätte besser in eine Rentnerwohnung gepasst.

Als ich mich jetzt draufsetzte, merkte ich, dass er sagenhaft bequem war. Ich hatte eine Thermoskanne heiße Schokolade dabei und schenkte mir einen großen Becher davon ein, dann schlug ich das Buch auf, das ich mitgebracht hatte. In der Hütte war es gemütlich, und es ging mir gut. Nur der Herbstwind rüttelte ab und zu an den Fenstern, sonst war alles still.

Wozu brauchte ich eigentlich Sandra? Mir taten die Leute leid, die es mit sich allein nicht aushielten.

*

Als es schon dämmerte, knackte es zwischen den Bäumen. Ich stand auf und schaute aus dem Fenster. Da kamen sie in ihrem majestätischen Gang: dieselben Elche, die ich schon letztes Mal gesehen hatte.

Sie stellten sich wieder ans Ufer und tranken.

Auch ich machte es wie letztes Mal, schlich mich leise nach draußen und setzte mich auf die unterste Treppenstufe. Die Elchkuh, die mich so aufmerksam angeschaut hatte, stand wieder so, dass ich die weißen Flecken an ihrem Hals erkennen konnte. Hallo, Wildstern!, dachte ich für mich.

Ich tastete in der Jackentasche nach der Tüte Popcorn, die ich letzte Woche im Kino gekauft hatte. Sie war noch da und halb voll. Elchen zuzuschauen und dabei Popcorn zu essen erschien mir eine perfekte Kombination.

Als ich das erste Stück Popcorn in den Mund steckte, hob die Elchkuh, die ich im Stillen Wildstern nannte, den Kopf und machte ein Prustgeräusch, das wie ein Lachen klang. Dann setzte sie sich in Bewegung. Sie kam langsam auf mich zu und blieb erst stehen, als ich sie mit dem ausgestreckten Arm hätte füttern können.

Ich saß wie versteinert – nicht, weil ich Angst hatte, sondern weil ich sie nicht erschrecken wollte. Soweit ich wusste, waren Elche ja nicht angriffslustig. Oder jedenfalls nicht ohne Grund.

War es das Popcorn, auf das die Elchkuh neugierig war? Ich nahm ein paar Popcornstückchen und hielt sie ihr auf der offenen Handfläche hin. Ihre Nüstern bewegten sich, bevor sie ihre Lippen auf meine Hand senkte und sich vorsichtig ein paar der Popcornstückchen holte. Anscheinend mochte sie Popcorn, denn gleich darauf holte sie sich den Rest. Ihre Lippen waren fest und feucht von dem Wasser, das sie gerade getrunken hatte. Ich leerte den restlichen Inhalt der Tüte vor ihr auf den Boden und sah aus dem Augenwinkel, dass die andere Elchkuh zusammenzuckte. Das kurze Knistern der Tüte musste sie erschreckt haben, aber die Elchkuh vor mir, Wildstern, blieb ganz ruhig. Sie sammelte das Popcorn bis auf den letzten Krümel ein, dann ging sie gemächlich zum See zurück und begann wieder zu trinken.

7

Nachdem die Elche gegangen waren, blieb ich noch eine ganze Weile sitzen. Ich hatte keine Lust, nach Hause zu gehen.

Als ich aufbrach, hatte sich schon die Dunkelheit über den See und die kleine Lichtung vor der Hütte gesenkt. Mama und Papa arbeiteten zwar immer bis in den Abend, aber wenn sie nach Hause kamen, sollte ich besser da sein, sonst machten sie sich Sorgen. Ich holte mein Buch und die Thermoskanne, schloss die Tür ab und machte mich auf den Heimweg.

Mamas Opel bog im selben Moment in die Einfahrt, als ich die Haustür aufschloss.

»Hallo, Johanna!«, rief Papa beim Aussteigen.

Ich winkte und ging schon mal vor ins Haus. Kurz darauf trafen wir uns alle an der Garderobe. Wir zogen unsere Jacken aus und hatten es alle gleich eilig, in die Küche zu kommen. Mama stellte Brot, Käse und Wurst auf den Tisch, und Papa holte Teller, Gläser und Besteck aus der Spülmaschine. Ich setzte mich auf einen Hocker und schaute ihnen zu.

»Hast du die Hausaufgaben gemacht?«

»Mhm.«

Ich machte *immer* meine Hausaufgaben, und trotzdem fragten sie mich jeden Tag danach.

»Irgendwelche Probleme?«

»Nö.«

Ende der Fragestunde. Danach ging es um ein neues Waschmittel, über das sie schon vorher gesprochen haben mussten. Sie waren sich wohl nur nicht einig geworden, und auch jetzt war es eher eine kleine Kabbelei als eine Unterhaltung. Eigentlich hörte ich ihnen bei so was ganz gern zu, weil sie selbst beim Streiten immer witzig blieben, vor allem Mama, die einfach wusste, wie man Papa zum Lachen brachte. Heute Abend war ich mit meinen Gedanken allerdings ganz woanders.

»Mama, darf ich deinen Laptop ausleihen?«, fragte ich dazwischen.

»Klar«, sagte Mama mit einer Handbewegung, als wollte sie mich verscheuchen. »Er liegt im Auto.«

Ich stieg in Papas viel zu große Gummistiefel und ging ihn holen. Er lag wie schlampig hingeworfen auf dem Beifahrersitz. Ich nahm ihn mit ins Wohnzimmer und setzte mich aufs Sofa.

Auf YouTube fand ich gleich mehrere Videos von zahmen Elchen, die in Gefangenschaft aufgewachsen waren. Es schien aber auch welche zu geben, die ganz normal im Wald lebten und so neugierig auf Menschen waren, dass sie sich Wanderern oder Jägern näherten. Sie ließen sich sogar kraulen und streicheln, und ein paar von ihnen mochten offenbar Bananen, was ich merkwürdig fand, weil es die in ihrer natürlichen Umgebung ja nicht gab.

»Was schaust du da?«

Papa stand hinter mir, und ich hatte ihn nicht hereinkommen hören. Er brachte mir ein Glas Milch und einen Teller mit einem Käsebrot und stellte beides vor mir auf den Sofatisch.

»Für ein Projekt in der Schule«, sagte ich und nahm einen Biss von dem Käsebrot.

Die Lüge war vollkommen überflüssig, aber aus irgendeinem Grund wolle ich das Erlebnis mit den Elchen für mich behalten.

*

Mama und Papa waren eingefleischte Jäger, ich dagegen war Vegetarierin. In unseren Gesprächen am Esstisch ging es deshalb öfter um Themen wie Tierhaltung und Jagd.

Mir gefiel es nicht, dass meine Eltern jagten, und noch viel weniger gefiel mir die ganze Fleischindustrie. Manchmal stellte ich mir vor, wie es wäre, so ein bis zum Schlachten eingesperrtes Tier zu sein. Der Gedanke, ein ganzes Leben in einem viel zu engen hässlichen Stall zu verbringen, nur um als Steak auf einem Teller zu landen, erschien mir in mehr als nur einer Hinsicht gruselig. Aber genauso schlimm fand ich die Vorstellung, irgendwo frei im Wald herumzustreifen, bis von irgendwoher die tödliche Kugel geflogen kam. Mama und Papa konnten gar nicht verstehen, warum ich mir solche Gedanken machte. Schließlich sei ich ein Mensch, sagten sie, und für Mensch und Tier gälten nun mal nicht dieselben Regeln.

Papa sprach dann immer von der Wildtierhege und davon, wie wichtig sie für die Natur sei. Mama redete mehr von den gesundheitlichen Vorteilen, die der Verzehr von Wildfleisch habe. Außerdem hätten die Elche doch ein herrliches Leben, bis sie … nun ja, erlegt würden. Ich verteidigte die Elche immer, obwohl ich noch nie einem begegnet war. Bis jetzt.

8

In der Schule blieb ich allein. Ich sah, wie Sandra zu allem nickte, was Lusse und Viktoria von sich gaben, und es machte mich so krank, dass ich davon Kopfschmerzen bekam. Einmal, als Viktoria etwas besonders Dämliches herausposaunte, muss ich wohl auch die Augen verdreht haben. Jedenfalls hörte ich jemanden kichern, und es war Amanda, die einen Tisch weiter saß.

»Pass bloß auf, dass dir die Augen nicht stehen bleiben!«, sagte sie. »So siehst du wie eine verklärte Heilige aus.«

Von da an passte ich auf, dass ich mich nicht mehr zu sehr aufregte.

Amanda ging schon seit der Ersten mit mir in dieselbe Klasse.

»Was liest du?«, fragte sie und setzte sich neben mich.

Es war ein Buch über nordische Wildtiere, und ich zeigte es ihr.

»Ist es gut?«

Ich zuckte erst mit den Achseln, aber dann nickte ich. Das Buch war nicht besonders spannend geschrieben, aber ich hatte viel Interessantes daraus erfahren. Zum Beispiel, dass es ganz weiße Elche gab. Sie waren selten, aber einem Fotografen war es gelungen, einen davon zu fotografieren. Außerdem fand ich in dem Buch bestätigt, was ich schon aus dem Internet wusste, nämlich dass Elche längst nicht so scheu waren, wie ich bis zu der Begegnung mit Wildstern gedacht hatte.

Auch Amanda hatte ein Buch vor sich auf dem Tisch liegen. Es war eine Art Anleitung für das Zeichnen von Menschen.

»Zeichnest du?«, fragte ich.

»Manchmal. Ich will Künstlerin werden, aber da muss ich noch viel üben.«

Sie holte sogar eine Zeichnung aus ihrem Rucksack: ein Bild von einem Pferd vor einem Sonnenuntergang. Das Pferd hatte nur viel zu kurze Vorderbeine, und sein Kopf war winzig.

»Du kannst es haben, und ich signier's dir auch«, sagte sie. »Es ist das Beste, was ich bisher gemacht habe, und später ist es bestimmt mal viel wert.«

Sie sagte das ganz ernst, obwohl sie wissen musste, wie schlecht das Bild war. Als ich verlegen kicherte, lachte sie los. Ich hatte ganz vergessen, wie witzig sie sein konnte.

Es war lange her, aber in der Zweiten oder so hatte Amanda zu Lusses und Viktorias Clique gehört. Sie hatte sich nur irgendwann daraus zurückgezogen. Damals hatte ich nicht groß darüber nachgedacht, schließlich war ich mit Sandra befreundet und hatte mit den anderen in der Klasse nicht so viel zu tun. Auch jetzt wusste ich nicht, wer Amandas Freundinnen waren. Vielleicht beschäftigte ich mich doch zu sehr mit dem Getue um Lusse und Viktoria.

Amanda rückte ihren Stuhl näher zu mir heran und schaute in mein Buch.

»Das hab ich gelesen«, sagte sie. »Warte mal!«

Sie blätterte, bis sie ein bestimmtes Bild gefunden hatte.

»Da! Na, wär das was?«

Auf dem Bild stand ein Elch auf einer Anhöhe, und auf dem Rücken des Elchs saß ein Junge in einem reich verzierten Ledersattel. Beide, der Elch und der Junge, sahen aus, als könnte ihnen nichts und niemand auf der Welt etwas anhaben. Was zählte, waren nur die Wälder um sie herum. Die Wälder und die Freiheit.

»Ich frag mich schon immer, warum wir auf Pferden und nicht auf Elchen reiten«, sagte Amanda. »Pferde würden von sich aus nie so weit im Norden leben, und Elche gibt's in unseren Wäldern ohne Ende – da ist es doch bescheuert, sie nicht als Reittiere zu nehmen.«

Wenn ich ehrlich war, hatte ich auch noch nie daran gedacht, dass man auf Elchen reiten könnte. Komisch eigentlich, wo ich mir sonst so viele Gedanken über sie machte.

Ich fragte mich, wie es sich wohl anfühlte, auf einem Elch zu sitzen. Für Pferde und fürs Reiten hatte ich mich nie besonders interessiert. Oder jedenfalls nicht dafür, auf einem Pferd zu sitzen, das in einem Gatter im Kreis lief.

Auf einem Elch durch den Wald zu reiten musste etwas vollkommen anderes sein: die frische Luft, die geheimnisvollen Geräusche, dazu das Glück, auf einem dieser langbeinigen Wesen mit dem stolzen Gang zu sitzen – das alles zusammen konnte sich nur fantastisch anfühlen.

9

Am nächsten Tag machte ich, gleich als ich nach Hause kam, Popcorn. Wir benutzten dazu immer den Riesentopf, in dem Mama sonst Sachen für ein paar Tage im Voraus kochte. Manchmal bekam sie solche altmodischen Hausfrauenanfälle. Das fertige Popcorn füllte ich in einen Eimer, dann zog ich mir Waldklamotten an und ging zur Hütte.

Im Herbst war mir der Wald schon immer am liebsten gewesen. Ich wollte nur nicht Beeren pflücken, wie Mama und Papa immer vorschlugen, sondern fand es am schönsten, in einer Hängematte oder auf einer Decke unter den Baumkronen zu liegen und die herbstlichen Düfte und Geräusche zu genießen. Genau das hatte ich auch an diesem Nachmittag vor.

Ich kippte das Popcorn in kleinen Häufchen ans Seeufer, dann legte ich mich in die Hängematte, die Sandra und ich irgendwann zu Anfang des Sommers etwas abseits zwischen zwei Birken gehängt hatten. Ich schaukelte und sah dabei in die Wolken, die über den Himmel zogen.

Ich hatte das Buch über die nordischen Wildtiere mit in die Hängematte genommen, und nach einer Weile griff ich danach, um noch einmal das Kapitel über Elche zu lesen. Über den Elch und den Jungen darauf fand ich leider nicht mehr als die Bildunterschrift. Sie lautete »Anton af Darelli 1792«, und das war's. Ich fragte mich, wer dieser Junge mit dem seltsamen Namen wohl war und wie er es angestellt hatte, einen Elch zu zähmen. Mit Popcorn aller Wahrscheinlichkeit nach nicht. Und mit Bananen schon gar nicht.

Ich hatte noch zwei Bücher dabei, aber leider erfuhr man in keinem etwas über das Zähmen von Elchen. Das eine war ein Roman über einen üblen Pferdeschinder, und das andere war eins für Leute, die ihre Hunde mit der Klickermethode erziehen wollten.

Mit dem Roman hatte ich angefangen und ihn nach ein paar Kapiteln weggelegt, weil er mich bloß nervte. Die Hauptperson war eine blasse, hilflose Gräfin, die behauptete, Pferde zu lieben, aber noch nie einen Pferdestall betreten hatte. Schon auf Seite acht tauchte dann ein Graf in zu engen Reithosen auf, und ich hätte gewettet, dass er sich als der Pferdeschinder entpuppen würde. Ich werde es nur nie sicher wissen, weil ich keine Lust hatte weiterzulesen.

Das Buch über die sogenannte Klickermethode war spannender, und ich hatte davon auch schon gehört. Meine Tante Ulla hatte damit ihrer Lieblingshündin Majs bessere Manieren beibringen wollen, es aber nicht geschafft – wahrscheinlich deshalb, weil sie es einfach nicht fertigbrachte, die Süße wirklich nur dann mit einem Klickgeräusch von einem kleinen Plastikinstrument und einem Leckerli zu belohnen, wenn sie was richtig gemacht hatte. Das brachte Ulla einfach nicht übers Herz. Mir selbst traute ich das schon eher zu. Und so umgänglich und friedlich, wie Wildstern zu sein schien …

Ob ich es mit der Methode probieren sollte? Vielleicht ließ es sich Wildstern ja gefallen. So klug wie ein Hund war sie bestimmt. Wenn nicht klüger.

*

Sie und ihre Gefährtin kamen wieder in der Dämmerung. Wildstern ging voran und grub die Lippen, ohne zu zögern, in eins der Popcornhäufchen am Ufer. Sie verschlang das Popcorn regelrecht. Ihre Gefährtin machte ein paar Versuche, sich einem der anderen Häufchen zu nähern, aber jedes Mal kam Wildstern nach und drängte sie mit dem Hinterteil ab.

Während Wildstern fraß, beschloss ich herauszufinden, ob es nur ein Zufall gewesen war, dass sie sich letztes Mal so zutraulich gezeigt hatte. Ich näherte mich den beiden Tieren gegen den Wind, damit sie mich nicht zu schnell bemerkten.

Trotzdem schaute Wildstern bald zu mir her und zuckte mit den Ohren. Danach fraß sie ruhig weiter, aber die Gefährtin machte ein paar Schritte beiseite und stellte die Ohren in meine Richtung. Ich selbst ging ein Stück rückwärts und drückte mich gegen einen Baum. So würden mich die beiden, wenn sie doch noch in Panik gerieten und fliehen wollten, wenigstens nicht niedertrampeln. Ich beobachtete sie aufmerksam und sah, dass die Gefährtin sich weiterhin mit Gras begnügen musste.

Wildstern war so groß, dass es jemand wie ich nur mit einem kleinen Podest auf ihren Rücken schaffen würde. Oder jedenfalls mit etwas, das man als Podest benutzen konnte.

Mir kamen allerdings auch Zweifel, ob es überhaupt eine gute Idee war, einen Elchreitversuch zu starten. Eigentlich verstand ich ja nichts von Elchen. Und wenn es leicht gewesen wäre, auf ihnen zu reiten, hätten es sicher schon viele probiert.

*

Als Wildstern alles Popcorn aufgefressen hatte, ging sie zum Wasser, und die andere Elchkuh folgte ihr. Sie tranken, und als sie fertig waren, streckte Wildstern das Maul zum Himmel, der inzwischen eine magische tiefblaue Färbung angenommen hatte. So stand sie eine ganze Weile da und tat nichts außer atmen. Es war so schön, dass ich Gänsehaut bekam.

Als die Tiere gegangen waren, spürte ich eine große innere Ruhe. Was die Welt braucht, sind nicht Therapien, sondern Elche, überlegte ich mir. Wenn sie gesehen hätten, was ich gerade gesehen hatte, wären sogar Lusse und Viktoria freundlich und nett geworden.

10

Ich nahm jeden Tag etwas Neues mit in die Hütte: eine richtig warme Decke, Ersatzbatterien für die Sturmleuchte oder neue Bücher und Zeitschriften. Dazu stopfte ich mir den Vorratsschrank mit Knäckebrot, Tee, Instant-Haferbrei, getrockneten Früchten und Kakaopulver voll. Ich machte es mir rundum bequem.

Es wurde zwar immer kälter, aber es hatte lange nicht geregnet, und ich konnte meistens bis zum Abend draußen sitzen. In der Schule war das Alleinsein langweilig, im Wald nicht. Hier konnte ich mich ungestört in meine Bücher vertiefen, und wenn es mir zu still wurde, hörte ich Musik. Aber meistens fand ich die Stille nur schön. Ein paarmal liefen Jogger vorbei, und einmal tauchten auch Beerenpflücker bei der Hütte auf, aber die meiste Zeit war ich allein. Das heißt, da waren natürlich die Elche, die weiter zum Trinken kamen.

Wildstern war an ihren weißen Flecken leicht zu erkennen. Nur bei dem zweiten Tier war ich mir erst nicht sicher, ob es immer dasselbe war. Das änderte sich aber schnell, weil es sich immer gleich nervös und hibbelig aufführte. In ihrer Art erinnerte mich Wildsterns Gefährtin an eine

Mitarbeiterin von Mama und Papa, darum gab ich ihr auch denselben Namen: Gun-Maj.

Gun-Maj war von den beiden eindeutig die Unterlegene. Sie ließ sich alles gefallen und war so ängstlich, dass sie beim kleinsten Geräusch zusammenzuckte. Wildstern durfte immer als Erste ans Wasser und bestimmte auch, wann es Zeit war zu gehen.

Ich schüttete weiterhin Popcorn ans Ufer, und immer war es Wildstern, die alles auffraß. Sie ließ Gun-Maj nicht mal probieren. Irgendwie gefiel es mir, dass Wildstern so einen starken Willen hatte, aber ich fand sie auch ganz schön egoistisch.

Ein bisschen war es zwischen den beiden wie bei Sandra und mir – ich war mir nur noch nicht sicher, wer dabei meine Rolle spielte.

*

Eines Abends tauchten die Elche ungewöhnlich früh auf. Die Sonne schien noch, die Luft war mild und klar, und ich hatte noch nicht das Popcorn am Ufer verteilt. Der Eimer stand zwar bereit, aber ich setzte mich erst auf die Treppe und schaute den beiden beim Trinken zu.

Gun-Maj trank Wasser und rupfte Gras, zuckte aber ständig mit den Ohren, als wäre es ihr nicht recht, dass ich nur ein Stück entfernt saß und sie dabei beobachtete. Wildstern schien es nichts auszumachen. Im Gegenteil: Als sie genug getrunken hatte, kam sie zu mir. Sie blieb vor mir stehen und vergrub das Maul in meinem Schoß, als wollte sie meine Taschen nach Popcorn absuchen. Auf meinen Jackenärmeln, die sie mit dem nassen Maul zuerst berührte, breiteten sich große dunkle Flecken aus.

Mein Herz wummerte, während mir Elchgeruch in die Nase stieg. Es war ein strenger, aber nicht unangenehmer Geruch nach Sumpfheidekraut. Ich tastete vorsichtig nach dem Eimer, nahm eine Handvoll Popcorn heraus und wartete, bis Wildstern den Kopf hob. Dann hielt ich ihr das Popcorn vor die Nase. Sie fraß mir die Stücke einzeln aus der Hand. Und mit einer neuen Handvoll Popcorn machte sie es genauso. Ich durfte sie füttern, und ich ließ mir Zeit, damit es möglichst lange dauerte.

Schließlich nahm ich all meinen Mut zusammen und kraulte sie hinter den Ohren. Wildstern sah mich mit ihren dunklen Augen an und blinzelte. Sie stand ganz still und fraß auch nicht, während ich sie kraulte. Am Ende schloss sie sogar die Augen.

Dann knackte ein Stück entfernt ein trockener Ast. Gun-Maj war zwischen die Bäume gelaufen. Wildstern öffnete die Augen und hob den Kopf. Der Zauber war gebrochen.

11

Obwohl ich außerhalb der Schule fast nur noch Mama und Papa sah, war ich in der Zeit sehr beschäftigt. Die Küchenzeile in der Hütte sah schon länger nicht mehr schön aus, und ich brauchte ein paar Nachmittage, um sie mit hellgrüner Farbe, die ich zu Hause im Putzschrank fand, wieder aufzufrischen. Es wurde nicht perfekt, aber mir gefiel der neue Farbton, und ich ertappte mich bei dem Gedanken, wie schön es war, dass ich mich nicht mit Sandra streiten musste, die meine Art zu streichen garantiert zu schlampig gefunden hätte. Dass ich es beim Arbeiten nicht genau genug nahm, war etwas, was sie mir immer mal wieder vorgeworfen hatte, und vielleicht stimmte es ja. Aber wenigstens brachte ich was zustande.

Ich schaffte es sogar, einen Korb zu flechten, aus dem die Elche im Winter Heu fressen sollten. Er wurde ziemlich hässlich, aber das Wichtigste war sowieso, dass er nicht auseinanderfiel. Ich würde ihn regelmäßig mit Heu füllen, damit die Elche einen Grund hatten, auch bei Schnee und Eis noch zur Hütte zu kommen.

Zu Hause googelte ich stundenlang und fand immer neue Videoclips von Elchen, die alles andere als scheu wirkten. Natürlich gab es auch idiotische Videos, unter anderem von einem betrunkenen Kerl, der von einem Boot auf einen schwimmenden Elch hechtete und sich ein Stück weit von dem armen Tier tragen ließ. Man sah deutlich, dass der Elch es gar nicht mochte, dass ihm jemand auf den Rücken sprang. Die Welt ist eben voller Idioten.

Ich druckte mir das Bild von Anton af Darelli auf dem Elch aus und hängte es in der Hütte an die Wand. Erst hatte es mir imponiert, aber je länger ich es betrachtete, desto misstrauischer wurde ich. War es vielleicht doch gestellt? Wildstern hinter den Ohren zu kraulen war eine Sache, sich auf ihren Rücken zu schwingen eine ganz andere. Von einem zum anderen war es ein riesengroßer Schritt.

*

Eines Abends kam Wildstern dann allein zum See. Ich saß auf der Treppe und erwartete eigentlich, dass auch Gun-Maj noch auftauchen würde, aber der Wald blieb still.

Wildstern fraß erst das Popcorn, das ich am Ufer verteilt hatte, und als sie damit fertig war, trank sie. Gleich danach aber kam sie zur Treppe. Das Popcorn war jetzt allerdings alle.

»Hallo, du Süße!«, flüsterte ich leise genug, um sie nicht zu erschrecken. Aber sie war ganz ruhig.

Ich richtete mich auf und legte ihr eine Hand auf den Kopf und die andere an den Hals. Sie stand still, als würde sie auf etwas warten. Jetzt hätte ich mir gewünscht, dass unter den Filmchen im Internet auch welche gewesen wären, aus denen man erfuhr, wie man es anstellte, auf einen Elch zu steigen. Ich war mir sicher, dass Wildstern keine Angst mehr vor mir hatte, aber wenn ich plötzlich auf sie draufzuklettern versuchte, würde sie genauso sicher welche bekommen.

Ich stand auf und strich ihr ein paarmal sanft über den Rücken. Obwohl ich für mein Alter recht groß war, musste ich mich dazu strecken. Meine Idee war, mit einer Hand auf Wildsterns Rücken anzufangen. Wenn sie sich daran gewöhnte, wäre der Schritt bis zum Aufsitzen und auf ihr Reiten vielleicht nicht mehr ganz so riesengroß.

Dann fiel mir ein Pferdebuch ein, das ich mal gelesen hatte. Darin hatte die Hauptperson – Olivia hieß sie, glaube ich – ein Wildpferd gezähmt, und angefangen hatte sie mit einer zusammengefalteten Decke, die sie dem Pferd jeden Tag für eine Weile auf den Rücken legte.

»Warte hier!«, sagte ich zu Wildstern, und sie zuckte mit den Ohren, als hätte sie mich verstanden.

Ich ging in die Hütte und hoffte inständig, dass Wildstern nicht davonlief. Ich nahm eine Decke, mit der ich mich schon öfter zugedeckt hatte, denn ich wollte, dass sie nach mir roch.

Als ich zurückkam, graste Wildstern ein paar Schritte von der Treppe entfernt. Ich sagte leise ihren Namen, und sie kam.

Ich stellte mich wie zuvor, als ich sie gestreichelt hatte, seitlich neben ihren Kopf, aber sobald ich ihr die Decke auf den Rücken legen wollte, wich sie aus. Ich versuchte es bestimmt ein Dutzend Mal, und jedes Mal ging sie ein Stück beiseite. Aber sie lief auch nicht davon, und wenn ich ihren Namen sagte, kam sie zu mir zurück. Sie mochte hinter den Ohren gekrault werden, aber nichts auf dem Rücken haben.

Solange sie nicht festgehalten wurde, schien es unmöglich, Wildstern auch nur eine Decke aufzulegen. Und sie festzuhalten – oder gar festzubinden – war ehrlich das Letzte, was ich wollte.

12

Ich vermisste weniger Sandra als die Selbstverständlichkeit, eine Freundin zu haben. Wenn wir im Sportunterricht etwas paarweise machen sollten oder wenn Gruppenarbeit anstand, hatten wir uns immer gegenseitig ausgesucht. Jetzt erwischte ich fast immer jemanden, der, genau wie ich, keinen festen Platz in der Klasse hatte. Das war völlig in Ordnung, wir lernten uns nur nie richtig kennen.

Es schien so, als bräuchte Lusse eine Gefolgschaft von mindestens vier anderen Mädchen, um sich wichtig genug vorzukommen. Als an einem Freitag Viktoria nicht in die Schule kam, wurde ein neues Mädchen – Mimmi hieß sie und kam vom Land – in den Kreis der Auserwählten aufgenommen, während Sandra sich beeilte, Viktorias Platz direkt an Lusses Seite einzunehmen. Lusse hinderte sie nicht daran. Die beiden saßen in der Pause nebeneinander, zusammen lachend, zusammen strahlend und vollkommen unnatürlich. Mimmi vom Land wiederum erinnerte mich an Sandra zu Beginn des Winterhalbjahres. Sie sah aus, als wäre sie Lusse am liebsten auf den Schoß gekrabbelt.

Die ganze Clique hatte sich wieder so postiert, dass sie

Sebastian gegenübersaßen. Er selbst hockte wieder über sein Handy gebeugt und sah kein einziges Mal zu ihnen hin. Da kam es plötzlich über mich, und ich setzte mich neben ihn. Ich könnte natürlich sagen, dass es mich interessierte, womit er sich die ganze Zeit beschäftigte, und es wäre sogar ein bisschen wahr. Auch dass er mir leidtat, weil es bestimmt nicht lustig war, die ganze Zeit nur angestarrt zu werden, wäre nicht gelogen. Aber vor allem wollte ich Lusse und Sandra ärgern.

»Was machst du?«, fragte ich.

Er schaute lächelnd auf und hielt mir das Handy entgegen. Er spielte Schach. Ich war mir ziemlich sicher, dass Lusse gar nicht auf die Idee kam, dass Sebastian vielleicht zu intelligent für sie sein könnte.

»Und läuft's?«

»Ja.« Sein Lächeln wurde noch breiter. »Die Online-Meisterschaften gehen schon die ganze Woche, und ich bin immer noch dabei.«

»Super.«

Er nickte.

»Spielst du auch?«

»Nein. Ich bin lieber draußen im Wald. Aber andere Brettspiele mag ich schon.«

»Und welche?«

Er legte das Handy weg und sah ehrlich interessiert aus. Ich musste kurz überlegen, welche Spiele es eigentlich gewesen waren, die ich manchmal mit Sandra oder auch mit meinen Eltern gespielt hatte.

»*Das verrückte Labyrinth* fand ich immer witzig. Und *Carcassone*.«

»Die mag ich auch. Spielst du gern Karten? In den Ferien hab ich mit meinen Cousins immer Mau-Mau gespielt. Ich hatte fast vergessen, dass es das gibt, aber als wir mal angefangen hatten, konnten wir nicht mehr aufhören.«

Mau-Mau spielte ich manchmal mit Ulla und Paula. Ich wusste also, wovon er redete.

»Das kenn ich«, sagte ich und lachte. »Mit meinen Tanten hab ich mal fünf Stunden am Stück gespielt. Es macht süchtig.«

»Vielleicht können wir ja mal zusammen spielen«, sagte Sebastian.

»Ja, vielleicht«, antwortete ich mitten ins Läuten am Ende der Pause hinein.

Lusse, Sandra und die anderen hatte ich fast vergessen, aber als ich jetzt an ihnen vorbeiging, funkelten sie mich böse an. Besonders Sandra. Und Lusse sah aus, als würde sie mich am liebsten festhalten, um mich auszuquetschen, was das mit Sebastian gerade hatte sein sollen.

Sie hielt sich aber noch zurück und startete die Attacke erst in der Umkleide, als wir uns für den Sportunterricht umzogen. Dort packte sie mich am Arm.

»Los, erzähl, was macht der die ganze Zeit am Handy!«, sagte sie. »Sebastian, meine ich.«

Als hätte ich auf die Idee kommen können, dass sie jemand anderen meinte.

»Er chattet mit seiner Freundin.«

Die Lüge rutschte mir einfach so heraus. Trotzdem war es vielleicht die beste Antwort, die ich geben konnte. Wenn er es tatsächlich satt hatte, angestarrt zu werden, war jetzt vielleicht Schluss damit, und sie ließen ihn in Ruhe.

Lusse ließ meinen Arm los, als hätte sie sich daran verbrannt. Aber wie zu erwarten, gab sie sich noch lange nicht geschlagen.

»Du bist ja noch ganz aufgelöst, du Arme!«, sagte sie laut. »Bist du traurig, dass du bei ihm keine Chance hast?«

Ich sah sie, ohne eine Miene zu verziehen, an.

»Genau. Und nicht nur traurig, sondern so total am Ende, dass ich nicht mehr weiterweiß«, sagte ich mit tonloser Stimme. »Das Beste wird sein, ich bring mich um.«

Lusse sah absolut verwirrt aus. Dass jemand sie veräppelte, war eben noch nie vorgekommen.

13

Nach der Schule ging ich, wie in letzter Zeit immer, direkt in den Wald. Als ich mich der Hütte näherte, sah ich, dass die Tür offen stand und sich leicht bewegte. War etwa Sandra hier gewesen?

Als ich sie zuletzt gesehen hatte, war sie mit Lusse ins Auto von Lusses Vater gestiegen. Angeblich wollten sie zum Shoppen in die Stadt, aber was, wenn es nur ein Ablenkungsmanöver gewesen war und sie mir in Wirklichkeit irgendeinen blöden Streich spielen wollten? Vielleicht war ich besser vorsichtig.

Ich stellte den Eimer mit dem Popcorn neben der Treppe ab und stieg leise die Stufen hinauf. – Die Hütte war leer. Ich atmete tief durch. Wahrscheinlich hatte ich die Tür nicht richtig zugemacht, und den Rest hatte der Wind besorgt.

Mein Magen knurrte. In der Schule hatte es zum Mittagessen Hühnerfrikassee gegeben, und weil die Köchinnen sich – wie üblich – bei der Zahl der Vegetarier vertan hatten, war für mich und ein paar andere nur noch trockenes Knäckebrot übrig gewesen.

Auf Popcorn war ich nicht besonders scharf, also beschloss ich, mir draußen auf dem Herd Wasser für Haferbrei zu kochen.

Ich füllte die nötige Menge Wasser aus dem Tank über der Spüle in einen Topf und holte die Packung mit dem Instant-Brei aus dem Vorratsschrank. In der Packung waren nur drei von ursprünglich sechs Portionstüten, was ich komisch fand, weil ich mir ziemlich sicher war, dass ich eine volle Packung von zu Hause mitgenommen hatte.

Als ich dann zum Herd kam, war der Griff der Feuerluke warm und oben die Platte noch wärmer. Ich hatte am Tag zuvor zwar Feuer gemacht, aber im Herbstwind kühlte der Herd schnell ab. Da Sandra und ich in der Schule gewesen waren, kamen wir beide als Feuermacher nicht infrage. Ich befühlte den Wassertopf, und er kam mir plötzlich auch nicht ganz kalt vor.

Letzten Sommer hatten Sandra und ich ein Schild gemalt, und es hing immer noch an einem dünnen Pfahl unweit der Treppe. PRIVAT stand darauf in großen roten Buchstaben auf schwarzem Hintergrund. Um das Wort herum hatten wir Totenschädel, Schwerter, Pistolen und Äxte gemalt. Wer immer in der Hütte gewesen war, Respekt für die Privatsphäre anderer hatte er oder sie nicht.

Ich kniff die Augen zusammen und spähte nach allen Richtungen zwischen die Bäume.

14

Ich verteilte das Popcorn am Ufer wie sonst auch, beschloss aber, gleich nach Hause zu gehen, obwohl ich dann die Elche verpassen würde. Natürlich waren immer mal Leute in der Nähe der Hütte unterwegs, und das war ja auch ihr gutes Recht. Der Wald gehörte schließlich allen. Aber dass jemand einfach meinen Herd benutzt und mich auch noch beklaut hatte, fand ich unverschämt.

Den ganzen Heimweg über fragte ich mich, während mir der Magen knurrte, wieso es Deppen gab, die sich an anderer Leute Sachen vergriffen. Als ich auf die Haustür zustapfte, bog hinter mir Mamas Auto in die Einfahrt. Sie hielt an und winkte mich durch die Windschutzscheibe heran, als müsste sie mir dringend was sagen.

Sie kurbelte das Seitenfenster herunter.

»Gut, dass du zu Hause bist, ich hab ein paarmal versucht, dich anzurufen!«, rief sie. »Komm, wir gehen shoppen! Du brauchst ein paar neue Sachen. Deine Klamotten sind alle zu klein oder zu abgetragen.«

Für einen Moment überlegte ich, ob ich nicht so tun sollte, als hätte ich eine Ohrenentzündung oder so. Dazu muss man wissen, dass es für mich ehrlich nichts Öderes gab, als shoppen zu gehen. In einer Umkleidekabine zu stehen und mir eine Erklärung auszudenken, warum ich irgendein Teil, das Mama mir vorschlug, nicht haben wollte, war für mich der reinste Horror.

Mama lächelte mich an, aber ihr Blick war hart wie Stahl. Ich hatte keine Chance.

»Ich brauch aber erst was zu essen«, sagte ich und ging schon mal die Möglichkeiten durch, wie man einen kleinen Imbiss in die Länge ziehen konnte, weil die Zeit dann ja fürs Shoppen abging.

»Darum hab ich mich schon gekümmert. Steig ein!«

Mama hielt eine braune Papiertüte mit Fettflecken in die Höhe. Ein Halloumi-Burger mit Pommes. Sie benutzte die fiesesten Tricks.

Ich setzte mich neben sie und guckte wenigstens sauer, als ich die Tüte nahm. Aber ich schaffte es nicht, ihr die Laune zu verderben. Sie fuhr rückwärts aus der Ausfahrt, dass die Kieselsteinchen flogen, und es ging ab zum Einkaufszentrum. Als wir an einer Ampel anhielten, sah sie mich von der Seite an.

»Brauchst du auch neue Unterwäsche?«

»Nein«, log ich schnell.

Tatsächlich standen alle meine Slips kurz vor der Auflösung, und meine zwei Sport-BHs waren ausgewaschen und zu klein. Aber noch schlimmer als Shoppen mit Mama war, mit ihr über Unterwäsche zu reden.

»Weißt du was?«, sagte sie in dem vertraulichen Ton, den sie immer anschlug, wenn sie Mutter-Tochter-Gespräche zu führen versuchte. »Wir gehen erst zusammen zu *Jack & Julia*, und zu *Karolinas* gehst du dann allein. Ich geb dir Geld, und du kaufst dir die Unterwäsche, die du willst – okay?«

Sie würde nicht aufgeben, bevor nicht alles so lief, wie sie es beschlossen hatte. Aber immerhin: Unterwäsche ohne sie zu kaufen war ein winziges bisschen weniger peinlich als mit ihr. Am besten brachte ich die Sache schnell hinter mich.

Meine Mama war noch sturer als ich. Ich hätte eigentlich stolz sein können.

15

Der Parkplatz war proppenvoll, aber Mama schaffte es, einem bärtigen Mann in einem Jeep zuvorzukommen und einen der letzten freien Plätze zu ergattern. Der Jeep musste mal schwarz gewesen sein, war aber von einer dicken Schicht Schmutz bedeckt. Der Bärtige schob den Unterkiefer vor und wedelte wütend mit beiden Zeigefingern, bis ein anderer Autofahrer ihm Zeichen machte, dass er gerade wegfahren wolle. Er parkte auf dem Platz gleich neben unserem, und als Mama den Motor ausmachte, preschte auch schon der Jeep in die Lücke. Erst jetzt sah ich, dass der Bärtige einen Beifahrer hatte. Er stieg noch vor Mama aus, ein Junge ungefähr in meinem Alter. Er trug abgewetzte Jeans und einen schwarz-weiß gestreiften Pulli. Er hatte lange, im Nacken zusammengebundene dunkle Haare und Wimpern, mit denen er sich als Wimperntusche-Model hätte bewerben können.

Der Junge rief etwas in den Wagen, dann knallte er die Tür zu. Auch der Fahrer stieg jetzt aus, kam mit grimmiger Miene um den Wagen herum und stampfte sich dicke Brocken Dreck von den Stiefeln. Den Haaren nach konnte er gut der Vater des Jungen sein.

Mama beugte sich weit über die Rückenlehne und angelte nach den Stofftüten, die sie für Lebensmitteleinkäufe benutzte. Dann stiegen wir aus, und sie schloss die Fahrertür mit dem Schlüssel ab. Es hätte zwar auch automatisch gehen müssen, aber das hatte von Anfang an nicht funktioniert.

»So, und nur zur Erinnerung: Wir fahren erst nach Hause, wenn wir auch neue BHs und Slips für dich haben!«, tönte es übers Autodach hinweg. »Hir wi goo!«

Ich schloss nur kurz die Augen, obwohl ich mich am liebsten zu einer kleinen Kugel zusammengerollt hätte und gestorben wäre. Musste Mama in aller Öffentlichkeit laut über meine Unterwäsche reden? Und auch noch auf Englisch, das sich bei ihr einfach nur falsch anhörte?

Ich hoffte inständig, dass der Junge nichts gehört hatte. Aber als ich aufsah, schaute er mich direkt an. Wenn mich nicht alles täuschte, biss er sich in die Wangen, damit er nicht loslachen musste.

Um zu retten, was noch zu retten war, versuchte ich möglichst gleichgültig zurückzuschauen. Ich starrte ihm direkt in die Augen und hob eine Braue. Meine Wangen wurden heiß, während wir beide weiterstarrten, er mit einem Lächeln, das er jetzt gar nicht mehr zu verstecken versuchte, ich mit roten Wangen und einer Augenbraue, in die ich einen Krampf bekommen würde, wenn er nicht bald zuerst den Blick abwandte.

Wir wurden mitten aus dem Spiel gerissen, als der Mann, der wahrscheinlich der Vater das Jungen war, »Sixten, verdammt, wird das noch!« brüllte. Die Stimme klang gefährlich. Wie ein Unwetter oder jedenfalls etwas, wovor man sich in Acht nehmen sollte.

Hieß man eigentlich noch Sixten? Der einzige Sixten, den ich kannte, war ein alter Mann, der neben meinem Großvater väterlicherseits wohnte und dem immer die Hose rutschte, dass der halbe Hintern im Freien hing. Außerdem roch er nach Zwiebeln und hatte auch sonst keine Ähnlichkeit mit dem Jungen aus dem Jeep. Überhaupt keine.

16

Alles, was Lusse und Viktoria an sich trugen, hatte irgendwo Spitze und Rüschen und kostete ein Vermögen. Sogar ihre BHs und Slips hatten süße Schleifchen, wie ich immer sah, wenn wir uns für den Sport umzogen. Es war, als könnten sie sich nicht entscheiden, was sie sein wollten: Babys oder aufregende Frauen. Was ihren Verstand betraf, ging es meiner Meinung nach eher in die Babyrichtung. Ich selbst mochte es möglichst einfach.

Ich schaffte es, Mama auf ungefähr zwei Drittel der Sachen herunterzuhandeln, die sie ursprünglich im Sinn gehabt hatte. Ein Teil davon war auch wirklich schön, besonders ein grüner Pulli, der so weich war, dass er sich fast wie Moos anfühlte. Und ein T-Shirt war ganz lustig: Es war ein absichtlich hässliches Einhorn darauf, das mich ein bisschen an Amandas Pferd mit den zu kurzen Beinen und dem zu kleinen Kopf erinnerte.

Um die Unterwäsche kümmerte ich mich, während Mama ihre Lebensmitteleinkäufe erledigte. Zwei neue, praktische BHs in einer Größe, von der ich vermutete, dass sie die richtige war, und eine Packung mit sieben Slips. Das musste reichen.

Danach stellte ich mich neben unser Auto und wartete auf Mama. Der schmutzige Jeep war weg. Jetzt stand dort ein sauberer grüner Volvo Kombi. Mama kam mit einem voll beladenen Einkaufswagen, und wir verstauten alles im Kofferraum. Sie warf einen Blick in die Tüte mit der Unterwäsche und schien mit meiner Wahl zufrieden zu sein.

»War doch eine gute Idee, oder? Jetzt brauchst du erst wieder ein Kleid für die Schulweihnachtsfeier – oder nein, im November einen neuen Badeanzug. Ihr habt doch ab November Schwimmen, oder bring ich da was durcheinander?«

Ächz!

Wir wollten gerade einsteigen, als plötzlich Lusse und Sandra an uns vorbeigingen, Lusse voraus und Sandra dicht dahinter. Erst da merkte ich, dass nur ein paar Autos weiter der schwarze Mercedes von Lusses Vater mit laufendem Motor auf einem Behindertenparkplatz stand.

»Du *musst* einfach mehr Taschengeld verlangen!«, hörte ich Lusse über die Schulter sagen. »Genug Taschengeld ist ein Menschenrecht, und mit so wenig *kannst* du nicht auskommen. Außerdem brauchst du für Afrika neue Kleider, andere Schminke mit stärkerem Sonnenschutz und keine Ahnung, was noch alles.«

»Sandra!«, rief Mama und winkte, obwohl die beiden nur ein paar Meter von uns entfernt waren. »Willst du mitfahren? Wir sind auf dem Weg nach Hause.«

Lusse, die inzwischen den Mercedes erreicht hatte, starrte Mama an, als wüsste sie gar nicht, wer das ist. Dann schürzte sie die Lippen und öffnete die Tür hinter dem Beifahrersitz, als wäre es selbstverständlich, wofür Sandra sich entscheiden würde.

Während Lusse vorne einstieg, lächelte Mama Sandra an und wartete auf eine Antwort.

»Danke, aber ich bin nicht auf dem Weg nach Hause!«, sagte Sandra und war verschwunden.

Mama schaute verdutzt.

»Ihr habt doch keinen Streit? Und fährt sie wirklich nach Afrika?«

»Nein«, sagte ich und ließ Mama die Wahl, auf welche Frage sie die Antwort beziehen sollte. »Nicht, dass ich wüsste. Und übrigens der Badeanzug, da gibt's einen Onlineshop. Ich kann's dir zeigen, wenn wir nach Hause kommen.«

Ich war zu allem bereit, wenn ich mit ihr nur nicht über Sandra und mich reden musste.

17

Der nächste Tag war ein Samstag, und ich wachte später auf als sonst am Wochenende. Im Haus war es still. Mama und Papa saßen in Liegestühlen auf der Terrasse und hielten das Gesicht in die Herbstsonne. Sie trugen beide den gleichen Trainingsanzug in Erbsengrün und Weiß mit dem Logo ihrer Firma auf der Brust. Mama machte ein Auge auf, als sie mich kommen hörte.

»Du hast lange geschlafen – irgendwann benimmst du dich doch noch wie ein ganz normaler Teenager«, sagte sie.

»Und auf die Elchjagd willst du auch?«, fragte Papa, der inzwischen beide Augen geöffnet hatte. »Ich mache dich nur darauf aufmerksam, dass die erst in etwas über zwei Wochen eröffnet wird, du dich also ein bisschen früh dafür angezogen …«

Erst da verstand ich, worauf er hinauswollte: Ich hatte mir zum Schlafen eins von seinen T-Shirts gegriffen und nicht groß darauf geachtet, dass es eins mit Tarnmuster war.

Es sollte ein Witz sein, aber ich war geschockt. Die Elchjagd! Im Herbst war Jagdzeit, und ich hatte überhaupt nicht daran gedacht, dass dann ja auch Wildstern in Gefahr war, abgeschossen, sauber zerteilt und portionsweise aufgegessen zu werden.

»Ehrlich, so bald schon?«, fragte ich.

So wie Papa lächelte, schien er tatsächlich zu glauben, dass ich plötzlich was mit der Jagd am Hut hatte. Kannte er mich denn gar nicht?

»In der letzten Woche im September«, sagte er. »Du darfst gern bei den Treibern mitmachen.«

In etwas über zwei Wochen. Das hieß, ich durfte Wildstern nicht weiter an mich gewöhnen, weil sonst die Gefahr bestand, dass sie auch anderen Menschen vertraute. Wenn sie das nicht schon tat! Dann hätte ich sie, ohne es zu wollen, in eine tödliche Falle gelockt.

Weitermachen oder lieber aufhören, weil es für Wildstern besser war? Die Antwort auf die Frage war ja wohl klar. Andererseits wünschte ich mir kaum etwas so sehr, wie irgendwann auf Wildsterns Rücken zu sitzen und von einem hohen Hügel herab über die Wälder zu schauen.

»Vergiss es!«, sagte ich und rannte ins Haus.

Ich knallte die Terrassentür zu, dass es im Wohnzimmer den Staub aufwirbelte.

*

Ich beschloss, abends zum See zu gehen und in der Hütte zu übernachten. Als ich gleich darauf Popcorn machen wollte, stellte ich fest, dass ich alles aufgebraucht hatte. Oder eigentlich ja Wildstern.

Wir wohnten nicht weit von einem kleinen Supermarkt, also schlüpfte ich schnell in meine Jeans, zog eine Jacke über und nahm eine Handvoll Münzen aus der Schale im Flur, in die Papa immer seine Hosentaschen leerte.

*

Der Laden wimmelte nur so vor Kindern, die um Süßigkeiten bettelten, und genervten Eltern, die sie ihnen kauften.

Ich war noch nicht weit gekommen, als sich mir ein groß gewachsenes Mädchen so plötzlich in den Weg stellte, dass ich es fast angerempelt hätte. Es hatte die Augen rundum schwarz geschminkt und streckte mir eine Sammelbüchse entgegen, auf der in aggressiv spitzen Buchstaben FREUNDE DES WALDES stand. Hinter der Sammelbüchse sah ich ein T-Shirt, auf dem ein Kaninchen blutige Tränen weinte.

»Findest du, dass der Mensch den Tieren überlegen ist?«, fragte das Mädchen mit einem durchdringenden Blick aus den schwarz umrandeten Augen.

»Wie?«, fragte ich.

»Ob du findest, dass es dein Recht als Mensch ist, anderes Leben zu töten«, sagte sie barsch.

»Nein, natürlich nicht!«, antwortete ich und wollte schon erzählen, dass ich für die Jagd rein gar nichts übrighatte und sogar Vegetarierin war, als wie aus dem Nichts ein gewisser Palle neben uns auftauchte. Palle aus dem Jagdclub meiner Eltern. Er warf nur einen kurzen Blick auf das Mädchen und die Sammelbüchse, dann sprach er mich zum ersten Mal in meinem Leben an.

»Na, so was, Johanna!«, sagte er und blieb stehen. »Wie geht's deinen Eltern?«

Ich schaute an mir herunter und bemerkte, dass Papas T-Shirt weit genug unter der Jacke herausschaute, dass es nun wirklich jeder sehen konnte. Es hatte exakt dasselbe Muster wie Palles Hose, was wohl auch erklärte, warum das Mädchen sich geradezu auf mich gestürzt hatte.

»Normal«, murmelte ich.

»Kein Jagdfieber, wo im Wald schon die Elche warten?«, feixte er und boxte mich gegen die Schulter. Keine Ahnung, ob das Ganze mehr dem Mädchen galt als mir, jedenfalls warf er ihm gleich nach dem dämlichen Gewitzel einen Blick zu, mit dem er es glatt hätte vergiften können.

»Keine Ahnung, frag sie doch selbst!«, sagte ich, und sein gerade noch grinsender Mund wurde zum Strich.

Als ich mich abwandte, ging er weiter, konnte sich aber ein Vor-sich-hin-Geschimpfe über ahnungslose Protestierer gegen alles und jeden nicht verkneifen. Das Mädchen mit der Sammelbüchse deutete ein Kopfnicken an, als nähme es das für ein Kompliment, dann zeigte es auf das Stück T-Shirt zwischen meiner Jacke und meiner Jeans und fragte:

»Bist du mit dem Witzbold im selben Verein?«

Das ging das Mädchen eigentlich nichts an, aber irgendwie fühlte ich mich verpflichtet, mich zu verteidigen.

»Das T-Shirt gehört meinem Papa, falls du *das* meinst«, sagte ich.

»Und warum ziehst du's an, wenn du nicht hinter der Botschaft stehst, die man dran abliest?«, fragte sie.

Botschaft? Die Botschaft hinter dem Tarnmuster war doch wohl erst mal nur, dass man im Wald nicht gesehen werden wollte.

»Klamotten müssen nicht immer gleich was aussagen«, sagte ich.

Das Mädchen klapperte mit der Büchse und verzog das Gesicht zu einem schiefen Lächeln, bei dem überraschenderweise sogar zwei Lachgrübchen zum Vorschein kamen.

»In dem Fall: Möchtest du einen Beitrag fürs Tierwohl leisten?«

Ich holte ein paar Münzen aus der Tasche und stopfte sie in die Sammelbüchse. Dann wollte ich weiter, aber das Mädchen ließ mich noch nicht gehen.

»Warte, Johanna, nimm eine Broschüre mit! Du solltest bei uns Mitglied werden. – Wir treffen uns jeden zweiten Montag in der Bücherei.«

Die Spendensammlerin hatte sich gemerkt, wie ich hieß.

»Ich weiß nicht …«, sagte ich zögerlich.

Das Tierwohl war schon meine Sache, aber *sie* mochte ich nicht besonders.

»Also *willst* du die Tiere schützen oder nicht?«

Sie klang jetzt wieder barsch.

»Natürlich will ich das!«

Sie drückte mir die Broschüre in die Hand.

»Wir sehen uns am Montag!«, sagte sie und suchte sich die nächsten Kunden, denen sie mit ihrer Büchse vor der Nase herumklappern konnte.

18

Nach dem Abendessen schlug Mama vor, dass wir uns zusammen einen Film anschauen sollten. Sie hielt eine große Tüte Süßigkeiten in die Höhe, die sie fürs Wochenende gekauft hatte.

Ich musste an Wildstern und die Elchjagd denken, aber vor allem an die Gefahr, dass ich Wildstern vielleicht nie wiedersehen würde. Also schüttelte ich den Kopf.

»Ich wollte in den Wald.«

Mama schien ein bisschen enttäuscht, aber sie lächelte.

»Es ist schon ein Glück, dass ihr zwei die Hütte so mögt. Da wissen wir wenigstens, wo ihr seid. – Wollt ihr auch da schlafen?«

»Mhm«, murmelte ich.

»Wird es nicht langsam zu kalt, um in der Hütte zu übernachten? Ich könnte dir meine Jagdkleider ausleihen, die sind schön warm und kuschelig«, sagte Papa und wackelte mit den Augenbrauen, damit ich auch merkte, dass er's nicht ganz ernst meinte.

Aber er machte damit nichts besser. Im Gegenteil.

»Jetzt lass mal gut sein!«, sagte Mama, und er merkte

wenigstens, dass er den falschen Witz im falschen Moment probiert hatte.

»Sorry«, sagte er mit seinem schönsten Dackelblick.

»Kommt Sandra hierher, oder trefft ihr euch dort?«, fragte Mama.

Ich wollte nicht lügen. Außerdem hätten sie Sandra ohne mich losradeln sehen können. Am besten wechselte ich schnell das Thema.

»Mal sehen«, sagte ich. »Und ihr? Was schaut ihr euch an?«

»*Twilight*«, sagte Mama, und Papa schien es zu freuen, obwohl sie die fünf Filme allmählich auswendig können mussten. Sie liebten Vampirfilme, vielleicht wegen der Romantik. Oder es gefiel ihnen, wenn jemand anderes als sie Blut aus irgendwelchen Kleidern waschen musste.

*

Es war in der Tat ziemlich kalt, vor allem, wenn man draußen saß. Zum Glück dauerte es nicht lange, bis es zwischen den Bäumen knackte. Eine Elchkuh kam und schnupperte an den Äpfeln, die ich erst mal am Ufer ausgelegt hatte. Ihr Hals war auf beiden Seiten dunkel, ohne jeden Fleck. Ich war mir fast sicher, dass es Gun-Maj war. Vielleicht traute sie sich ja näher heran, wenn ihr Wildstern nicht den Weg versperren konnte. Ich klemmte den Popcorneimer unter den Arm und ging langsam auf sie zu.

Als ich noch drei, vier Meter von ihr entfernt war, hörte

sie auf zu fressen und blähte misstrauisch die Nüstern. Sie warf den Kopf in den Nacken, tänzelte zur Seite und lief zwischen die Bäume. Die restlichen Äpfel und mein voller Eimer Popcorn interessierten nicht mehr.

Ich rieb mir die Hände und verzog mich in die Hütte. Es war so kalt, dass ich auch drinnen nicht die Jacke auszog.

Nicht, dass ich Sandra vermisst hätte, aber jetzt wäre ihre Anwesenheit echt praktisch gewesen. Zweimal Körperwärme statt nur einer macht einen gewaltigen Unterschied.

Zum Schlafen nach Hause zu gehen kam mir zwar wie eine Niederlage vor, aber alles andere war sinnlos. Ich hätte mir sonst was abgefroren.

*

Zu Hause lief ein Abspann über den Fernseher, und Papa war eingeschlafen. Ich sagte Mama leise Gute Nacht und sah durchs Fenster, dass in Sandras Zimmer Licht brannte.

»Wollte Sandra doch nicht mitkommen?«, flüsterte Mama.

Ich zuckte mit den Achseln.

»Es ist kalt.«

Papa schnarchte leise, und ich spürte, dass ich ihm eigentlich nicht mehr böse war. Nur dass ich auf irgendeine Weise bei der Elchjagd mitmachte, konnte er vergessen.

*

Am Sonntag traute sich Gun-Maj nicht mal ans Wasser, obwohl ich mich ganz still verhielt und auf der Treppe sitzen blieb.

Ich beschloss, am nächsten Tag einen längeren Spaziergang im Wald zu machen. Vielleicht hatte sich Wildstern irgendwo am See einen anderen Platz gesucht. Wenn ja, wollte ich sie finden. Das heißt, eigentlich war ich hin- und hergerissen. Ich war einerseits enttäuscht, dass sie mich verlassen hatte, und andererseits erleichtert, denn wenn sie fortgewandert war, hatte sie vielleicht bessere Chancen, die Jagdsaison zu überleben.

19

Als ich montags zur Schule kam, stand Sandra unterm Dach vor der Eingangstür. Es regnete, aber Regensachen passten anscheinend nicht zu ihrem neuen Stil. Heute trug sie eine Kunstlederjacke zu hautengen Jeans. Sie kaute Kaugummi und ließ in regelmäßigen Abständen fette babyrosa Blasen platzen.

Ich wollte schnell an ihr vorbeigehen, aber sie packte mich am Arm und hielt mich fest. Ihre langen Fingernägel hatten die gleiche Farbe wie der Kaugummi.

»Hör auf, mit ihm rumzumachen!«, fauchte sie und drückte mir die langen Nägel fester in den Arm.

Redete sie von Sebastian? Glaubte sie tatsächlich, dass ich mit ihm rummachte? Von allen Menschen auf der Welt hätte sie doch am besten wissen müssen, dass ich gar nicht wusste, wie das ging.

Ich schaute sie nur müde an, bis sie mich losließ. Auch danach sagte ich kein Wort und ging nur weiter.

*

Davon abgesehen war alles wie immer. Dieselben langweiligen Lehrer erzählten dieselben langweiligen Sachen, wir bekamen die üblichen langweiligen Hausaufgaben auf, und als vegetarisches Mittagessen hatte sich die Küche wieder mal die wohlbekannten, absolut geschmacksfreien Gemüsebratlinge einfallen lassen.

Das Beste an dem Tag war, dass sich Amanda zum Essen zu mir setzte.

»Hi!«, sagte sie, als machte sie das jeden Tag, dabei war es das erste Mal.

»Hi!«

Sie saß kaum, da beugte sie sich über den Tisch und fragte mit Flüsterstimme:

»Hast du's schon gehört?«

»Was denn?«

»Dass sie Hanson gefeuert haben.«

Hanson war unser Physik- und Chemielehrer. Er hatte graue, zu Berge stehende Haare und redete mit einer derart knarzigen Stimme, dass man sich auf das, *was* er sagte, nur ganz schlecht konzentrieren konnte. Aber wegen seiner unmöglichen Stimme konnte man ihn ja wohl nicht entlassen.

»Sollte er nicht sowieso bald pensioniert werden?«, fragte ich, weil ich mich erinnerte, dass er so was angedeutet hatte. Dass wir seine letzte Klasse wären oder so ähnlich.

»Keine Ahnung«, sagte Amanda, die auch einen Bratling auf dem Teller hatte, in den sie jetzt wenig begeistert die Gabel stach. »Ich hab nur in der Umkleide aufgeschnappt, dass er das Chemielabor nach Schulschluss in eine Art Drogenküche umfunktioniert haben soll. Angeblich hat er dort alles Mögliche zusammengekocht, um es hinterher dem Hausmeister und den Leuten vom Reinigungstrupp …«

Sie brach mitten im Satz ab und starrte mich mit großen Augen an. Dann lachte sie los, als merkte sie erst jetzt, wie vollkommen gaga die Geschichte klang.

Amandas Lachen war eins von der ansteckenden Sorte. Ihre Wangen färbten sich rosa, und als ihr die Tränen kamen, konnte ich auch nicht mehr und lachte mit. Die Gerüchte an unserer Schule waren manchmal einfach zu bescheuert.

Ich konnte mich nicht erinnern, wann ich mich zuletzt mit jemand anderem schlapp gelacht hatte als mit Sandra.

*

Nach dem Mittagessen gingen wir zusammen in den Aufenthaltsraum der Schülervertretung. Es war Amandas Idee. Mir selbst wäre das nie in den Sinn gekommen. Irgendjemand hatte sein Handy an eine Uralt-Lautsprecheranlage angeschlossen, und es lief Musik, die in den Ohren dröhnte. Ein Pärchen aus der Neunten knutschte auf einem durchgesessenen Sofa, und am einzigen Tisch saßen Siebtklässler beim Backgammon. Aber es gab auch noch ein zweites Sofa unterm Fenster. Wir ignorierten die knutschenden Neuntklässler, so gut wir konnten, und besetzten das freie Sofa.

»Warum bist du eigentlich nicht mehr mit Sandra zusammen?«

Amanda war direkt, aber auf eine Art, die mir gefiel.

»Sie will so viel Zeit wie möglich mit Lusse und Viktoria verbringen und ich nicht.«

Es klang simpel, aber vielleicht war es das auch.

»Ich kann dich verstehen«, sagte Amanda.

Damit war die Sache für sie erledigt, und mir war es recht.

»Sollen wir Karten spielen?«, fragte Amanda und zog ein Päckchen Spielkarten aus der Jackentasche.

Danach spielten wir Mau-Mau, bis es läutete.

20

Es regnete den ganzen Tag. Nach der Schule machte ich die Hausaufgaben, dann blätterte ich in einer Art dystopischem Roman, den ich auf Papas Lesestapel fand. Ich schaffte es nicht, darin zu lesen, wusste aber auch sonst nichts mit mir anzufangen.

In den Wald wollte ich nicht. Für die Hütte war es zu kalt und nass, und dass Wildstern auftauchte, hielt ich für unwahrscheinlich. Spät am Nachmittag beschloss ich dann, in die Stadt zu gehen.

Ich weiß nicht, warum ich die Bücherei ansteuerte, aber ganz bestimmt fiel mir das Treffen der Freunde des Waldes erst wieder ein, als ich die Einladung dazu am dortigen Infobrett entdeckte. Die aggressiv spitzen Buchstaben darauf waren exakt die von der Sammelbüchse. Das Treffen begann um 18 Uhr, das war in einer halben Stunde.

Ich zog meine nasse Jacke aus. Wie es aussah, war ich einer der wenigen Menschen, die sich bei dem Regen irgendwohin getraut hatten. Es gab in der Bücherei eine Tür zur Wendeltreppe ins Kellergeschoss, zu dem Besucher normalerweise keinen Zutritt hatten. Da die Tür heute offen stand, nahm ich an, dass die Freunde des Waldes sich in einem der Räume dort unten trafen.

Ich ging die eiserne Treppe hinunter und fand nur einen Raum, in dem Licht brannte. Es war niemand da, aber auf dem großen Besprechungstisch in der Mitte des Raumes standen eine Thermoskanne, ein paar Kaffeetassen und ein Teller mit krümeligen Keksen, woraus ich schloss, dass ich richtig war. Ich setzte mich auf einen Platz nahe bei der Tür, damit ich, wenn nötig, ohne großes Aufsehen wieder gehen konnte.

*

Während ich wartete, sagte ich mir, dass ich mir erst was zum Lesen hätte ausleihen sollen, aber die Energie, noch mal nach oben zu gehen, brachte ich auch nicht auf. Stattdessen zählte ich die Platten der Deckenverkleidung, und als ich damit fertig war, versuchte ich mich zu erinnern, was die Bibliothekarin, die ich heute nur kurz hinter der Infotheke gesehen hatte, für Klamotten trug. Oder welchen Schmuck. War sie eigentlich Rechts- oder Linkshänderin?

Sandra und ich hatten oft geübt, uns so was zu merken, und waren darin immer besser geworden. Wir hatten sogar ein Spiel daraus gemacht, uns das Aussehen irgendwelcher Leute einzuprägen und dann zu sehen, wer sich an mehr Details erinnern konnte.

Jetzt gerade merkte ich, dass ich länger nicht geübt hatte. Ich versuchte mir das Bild der Bibliothekarin hinter der Theke ins Gedächtnis zu rufen, fand aber nur heraus, dass ich sie kannte, was kein großes Kunststück war, weil sie schon immer in der Bücherei arbeitete. Ich schloss die Augen und sah die Bücherregale, dann den Kopierer und schließlich die Theke, hinter der sie stand, aber auf mehr als einen dunklen Pulli und müde Augen kam ich nicht.

Es war fünf vor sechs, als ich energische Schritte auf der Treppe hörte. Kurz darauf kam meine Freundin mit der Sammelbüchse herein und schien kein bisschen überrascht, mich zu sehen. Sie nickte mir zu, als begegneten wir uns jeden Tag, dann schaute sie über den Tisch und rümpfte die Nase.

»Mann, Mama, ich hab doch gesagt, wir wollen Saft, wieso steht da nur Kaffee?!«, schrie sie zur offenen Tür hinaus.

Ich hatte noch nie jemanden in der Bücherei herumschreien hören, und es kam mir auch jetzt nicht richtig vor. Aber die Mama Bibliothekarin schrie sogar zurück.

»Komm rauf, wenn du was möchtest, hier schreit man nicht herum!«

Meine Sammelbüchsenfreundin verzog das Gesicht und schob sich einen Keks in den Mund.

»Kaffee?«, fragte sie mit Krümeln auf der Zunge und nickte zur Thermoskanne hin.

Ich schüttelte den Kopf, angelte mir aber auch einen Keks: hellbraun mit kleinen Schokoladentupfen.

»Okay, dann nicht. Fangen wir an!«

21

Ich heiße Isabella und bin die hiesige Vorsitzende der Freunde des Waldes«, sagte sie feierlich.

Dann schob sie mir die gleiche Broschüre über den Tisch, die sie mir schon im Supermarkt gegeben hatte.

»Die hab ich schon«, sagte ich und schob sie zurück, aber Isabella schüttelte den Kopf und wollte sie nicht haben.

»Wir Freunde des Waldes sind ein Verein, der an dreizehn Orten aktiv ist. Die Zahl der Mitglieder steigt kontinuierlich, bei uns betrug der Zuwachs allein in der letzten Woche fünfzig Prozent.«

Ich hob die Hand.

»Ja?«

»Sollten wir nicht warten? Ob noch mehr kommen, meine ich.«

»Auf der Einladung steht achtzehn Uhr. Wenn welche zu spät kommen, ist es ihr Problem«, sagte Isabella.

Danach ging sie schnell die Entstehungsgeschichte des Vereins durch. Er sei vor zehn Jahren in der Hauptstadt von einer Aktivistin namens Anne Vainio gegründet worden, habe aktuell um die 300 Mitglieder und sei bei uns noch eher schwach. Aktuell handle es sich dabei um sie, Isabella, und eine weitere Person, die heute leider verhindert sei.

Ich musste kurz überlegen, aber rein rechnerisch konnte das nur heißen, dass mit dem fünfzigprozentigen Mitgliederzuwachs der letzten Woche ich gemeint war. Ich war also in den Verein aufgenommen, ohne eingetreten zu sein.

»Wir Freunde des Waldes treten für den Schutz *aller* Lebewesen auf der Erde ein«, fuhr die Vereinsvorsitzende fort. »Wir sind gegen die Jagd, gegen die Tierhaltung und Tierzucht zu Nahrungszwecken, gegen Tierversuche und jede Art von Tierquälerei.«

Ich nickte. Das klang alles vernünftig. Ich war nur von der komischen Veranstaltung hier nicht überzeugt. Gab es diesen Verein der Freunde des Waldes und der Tiere überhaupt?

»Und jetzt zur Tagesordnung!«, sagte Isabella. »Sind dir aktuell irgendwelche Fälle von Tierquälerei in unserer Stadt bekannt?«

Komischerweise fühlte ich mich trotz meiner Zweifel verpflichtet, etwas zu sagen. Mir fiel nur leider nichts Passendes ein.

»Kennst du den Polizisten Andersson?«, fragte ich.

Isabella nickte. Andersson mit dem blöden Pitbull, den er Adolf getauft hatte. Normalerweise hatte ich nichts für Würgehalsbänder übrig, aber an Adolf hatte es mich bisher nicht gestört. Er war der fieseste Hund, den ich kannte.

»Ist ein Würgehalsband nicht auch ein bisschen Tierquälerei?«, fragte ich.

Isabella ließ die Schultern sinken.

»Ja, aber in dem Fall ist es gesetzlich erlaubt, das hab ich überprüfen lassen.«

»Sonst wüsste ich im Augenblick nichts«, sagte ich.

»Oh.« Isabella biss sich in die Wange und schien nachzudenken. »Moment mal ... der Jäger im Laden. Deine Eltern jagen doch. – Weißt du, ob sie sich in ihrem Club an die Quoten halten?«

Darüber brauchte ich nicht nachzudenken. Ich wusste, dass sie das taten, pingelig genau sogar. Also nickte ich.

»Hundertprozentig.«

»Du nimmst jetzt nicht deine Eltern in Schutz?«

Ich schüttelte seufzend den Kopf.

»Hm.«

Isabella schien nicht überzeugt, und ich hatte nicht mehr zu sagen. Wir saßen da und schwiegen.

»Hier passiert einfach nie was«, sagte Isabella, als ich schon überlegte, ob ich gehen sollte. »Ich hab den Ortsverein der Freunde des Waldes gegründet, weil ich endlich was Sinnvolles tun wollte. Du weißt schon, die Welt retten und so.«

Es klang ehrlich und machte mir trotzdem schlechte Laune. Wahrscheinlich weil es mich an Sandra erinnerte, bei der auch *endlich* alles anders werden sollte. Ich senkte den Blick und tat so, als würde ich in der Broschüre lesen, die sie mir zum zweiten Mal aufgedrängt hatte.

»Bist du sicher, dass du keinen Kaffee willst? Oder noch einen Keks?«, hörte ich sie fragen.

Sie schob mir den Teller zu, und ich nahm einen Keks, lehnte den Kaffee aber wieder ab.

»Wie alt bist du?«, fragte ich.

»Sechzehn.«

Das erklärte, warum ich sie nicht von der Schule kannte. Die ab der Zehnten bewegen sich in einer anderen Welt.

»Ich geh in die Siebte«, sagte ich.

»Aha«, sagte sie so tonlos, als wollte sie mir demonstrieren, wie egal ihr das war.

Wir aßen Kekse, bis sie sich eine Tasse Wasser vom Waschbecken neben der Tür holte, sie in einem Zug leer trank und sich den Mund mit dem Handrücken trocken wischte. Dann sagte sie:

»Hiermit erkläre ich die heutige Sitzung für geschlossen.«

Alles andere hätte mich auch überrascht.

»Nächstes Treffen in zwei Wochen, selbe Zeit, selber Ort. Vielleicht sind wir da schon ein paar mehr. Am Wochenende geh ich wieder Mitglieder werben.«

An der Stelle hellte sich ihre Miene plötzlich auf.

»Komm doch einfach mit! Du wirst sehen, zu zweit wirken wir gleich viel überzeugender, und die Leute sagen auch nicht so schnell Nein.«

»Ich weiß doch nicht mal, ob ich selber Mitglied werden will«, sagte ich.

»Was? Aber *wieso* denn nicht?«

»Ich bin einfach nicht so der Vereinstyp.«

»Um den Verein geht's doch auch gar nicht – es geht um *Lebewesen*!«, rief sie fast verzweifelt.

Ich stand auf und ging aus der Tür.

»Wir sehen uns!«, sagte ich, meinte es aber nicht wirklich.

22

Ich hatte noch keine Lust, nach Hause zu gehen, und beschloss, noch etwas in der Bücherei zu bleiben und zu lesen. Unsere Bücherei war klein, hatte aber ein erstaunlich großes Angebot an Zeitungen und Zeitschriften. Ich suchte mir drei Zeitschriften aus und setzte mich an einen der Tische.

Es war so still, dass ich den Regen gegen die Scheiben trommeln hörte. An den Heimweg mochte ich erst mal gar nicht denken.

»Entschuldigung?«, hörte ich jemanden sagen.

Ich schaute zur Infotheke und sah den Jungen vom Freitag. Den mit den dunklen, im Nacken zusammengebundenen Haaren. Sixten. Heute trug er zu den abgewetzten Jeans eine wattierte waldgrüne Jacke mit Kapuze. Das heißt, auf den Schultern war die Jacke eher schwarz vor Nässe. Die Bibliothekarin, an der ich jetzt eine gewisse Ähnlichkeit mit Isabella entdeckte, begrüßte Sixten mit dem interessierten Blick, der bei solchen Menschen anscheinend zum Beruf gehört: die Augenbrauen um eine Spur angehoben, den Kopf interessiert nach vorn geschoben und leicht zur Seite geneigt.

»Ja, bitte?«

»Gibt's hier einen PC mit Internet?«

Die Bibliothekarin zeigte in meine Richtung, und tatsächlich saß ich genau neben den zwei PCs, an denen die kleinen Jungs unter den Bibliotheksbesuchern gern Computerspiele spielten. Als Sixten auf mich zukam, schaute ich schnell in meine Zeitschrift.

Ein Duft von Wald und Regen schwebte vorüber, dann zog er die Jacke aus und legte sie auf den Stuhl neben dem, auf dem ich saß. Aus dem Augenwinkel sah ich noch, wie er sich in seinem schwarz-weiß gestreiften Pulli an den PC setzte, danach versuchte ich mich wieder auf den Artikel zu konzentrieren, den ich vor Sixtens unverhofftem Auftauchen zu lesen begonnen hatte. Es ging darin um eine Siebzehnjährige, die sich in ihren Lehrer verliebt hatte. Der Lehrer war sieben Jahre älter, und irgendwie kam es mir vor, als wollte der Schreiber des Artikels insgeheim um Verständnis für so eine Liebesgeschichte werben. Ich fand sie aber trotzdem nicht in Ordnung und eher ein bisschen klebrig. Schließlich war der Mann erwachsen und das Mädchen nicht mal volljährig.

Ich überlegte mir, ob die Uraltlehrer an unserer Schule wohl überhaupt ein Liebesleben hatten, und kam zu dem Ergebnis, dass ganz bestimmt *nicht*. Wobei ich mir eingestehen musste, dass ich zwar jung war, aber auch keins hatte. Was es wohl war, das Menschen dazu brachte, sich ineinander zu verlieben?

Ich hörte Sixten lachen und schaute auf.

»Oh, Entschuldigung!«, sagte er, als er merkte, dass er mich gestört hatte. Dann runzelte er die Stirn.

»He, ich kenn dich!«

Dann hatte ich wohl doch Eindruck auf ihn gemacht.

»Du bist die mit den BHs!«

Unsere Wangen färbten sich synchron rot, weil er natürlich gleich merkte, was ihm da rausgerutscht war. Mein erster Gedanke, als ich wieder denken konnte, war dann, dass es von allem, was er sich von unserer Begegnung hätte merken können, ausgerechnet die Unterwäsche war, woran er sich erinnerte. Dass das mehr über ihn aussagte als über mich, machte die Sache nur noch schlimmer.

»Pst!«, machte die Bibliothekarin hinter ihrer Theke, und wir hoben zur Entschuldigung die Hände. Schon komisch, dass sie plötzlich so geräuschempfindlich war. Bei Isabella vorhin war sie's nicht gewesen.

Sixten kam jetzt und setzte sich mir gegenüber.

»Six«, sagte er und streckte die Hand über den Tisch.

»Ich dachte Sixten«, sagte ich und drückte knapp seine Finger, ohne mich selber vorzustellen.

»Gutes Gedächtnis, aber nur mein Vater nennt mich so. Alle anderen Six.«

Stille.

»Wohnst du hier?«, fragte ich aus Angst, es könnte peinlich werden, wenn wir nicht redeten.

»In der Bücherei? Nur wenn's mir draußen zu nass wird. Drüben bei den Nachschlagewerken, auf dem gemütlichen Sofa. – Sonst wohne ich im Wald.«

Er lächelte, und ich sah, dass er unfassbar weiße Zähne hatte.

»Das ganze Jahr?«

»Nein, nur im Herbst.«

»Ich wohne auch im Wald. An einem See. Mit einer Menge wilder Tiere«, sagte ich und spürte, wie meine Mundwinkel sich langsam nach oben bewegten.

»Von denen wimmelt's in der Jahreszeit, ich weiß. Erst gestern hab ich einen Elch gestreichelt«, sagte er.

Meine Mundwinkel froren ein, weil das, was er da sagte, so nah an dem war, was ich ja wirklich erlebt hatte.

»Meine Mutter ist eine Waldfee und mein Vater ein … Troll«, erzählte er weiter. »Einmal im Jahr treffen sie sich unter einem strikten Friedensgebot und verhandeln, wer sich wann um mich kümmern darf. Den Rest der Zeit führen sie Krieg.«

Er hatte mein kurzes Erschrecken nicht bemerkt, und das mit dem Elchstreicheln war wohl doch nur Zufall gewesen. Ich konnte es also auf sich beruhen lassen.

»Und wer gewinnt normalerweise?«, fragte ich.

»Kommt drauf an, was du mit gewinnen meinst«, antwortete er.

»Sich um dich kümmern zu dürfen natürlich«, sagte ich.

»Interessant – obwohl ich mir ziemlich sicher bin, dass die beiden das genau umgekehrt sehen.«

So traurig, wie Six plötzlich dreinschaute, schien er es ernst zu meinen, und ich redete schnell weiter.

»Meine Eltern arbeiten den ganzen Tag im Bergwerk, wo sie den Reichen ihre Schmutzwäsche waschen. Mamas Hände sehen aus wie Klauen, so lange walkt sie schon Laken im eiskalten unterirdischen Fluss.«

»Und dein Papa?«

»Hat überhaupt keine Hände mehr, die sind ihm schon vor Jahren zu Knubbeln geschrumpft. Er wäscht die Wäsche jetzt mit den Füßen.«

Six musste so laut lachen, dass die Bibliothekarin böse zu uns herschaute.

»Wie heißt du?«, fragte er leise. »In echt, meine ich.«

»Johanna«, sagte ich.

»Johanna«, wiederholte er und lächelte.

Dann schauten wir uns eine ganze Weile nur noch an und sagten nichts. Es war kein bisschen peinlich.

23

Ich hatte noch nie jemanden wie Six getroffen. Wir redeten lange weiter, ohne uns gegenseitig auszufragen, und ich genoss jede Minute davon. Es gab nichts aus meinem normalen Leben, wovon ich hätte erzählen wollen, und umso schöner war es, einfach nur herumzuspinnen. Zum Beispiel erzählte ich von einer alten Bierflasche, die ich mal an einem See gefunden hätte. Darin habe ein Geist gewohnt, bei dem ich mir was hätte wünschen dürfen.

»Und was *hast* du dir gewünscht?«, fragte Six.

»Jemanden zu finden, der genauso ist wie ich«, sagte ich, ohne nachzudenken, zog das Ganze aber gleich ins Lächerliche, damit er nicht merkte, wie nah ich damit der Wahrheit gekommen war. »Weißt du, es macht verdammt einsam, Kräfte zu besitzen, die man so recht niemandem begreiflich machen kann. Oder was würdest du dir wünschen, wenn du der Einzige wärst, der den Boden zu Eis gefrieren lassen kann, indem er nur mit dem Finger darauf zeigt?«

»Du hast nicht zufällig eine eisige Schwester namens Anna?«, fragte er.

Energische Schritte auf der Wendeltreppe konnten nur bedeuten, dass Isabella nach oben kam.

»Tschüs, Jolanda!«, rief sie winkend. »Wir sehen uns in zwei Wochen!«

Ich fragte mich, was sie so lange im Keller gemacht hatte.

»Jolanda?« Six musterte mich misstrauisch. »Hast du nicht gesagt, du heißt Johanna?«

»Ich dachte, ich hätte es ihr gesagt, aber entweder hört sie schlecht, oder ich rede undeutlich.« Ich senkte die Stimme. »Mal ehrlich: Nuschle ich?«

Six lehnte sich lächelnd über den Tisch. Er roch wirklich gut nach Wald und Regen. Und dazu nach Lagerfeuer, wie ich jetzt merkte.

»Ich wollt's dir nicht sagen, aber es ist fast unmöglich, dich zu verstehen«, flüsterte er. »Erst dachte ich, du sprichst Französisch.«

Genau da drängte sich eine kleine Horde Kinder durch die Eingangstür, die Isabella ihnen im Hinausgehen aufhielt, alle in klatschnassen Regenjacken, gelb leuchtenden Warnwesten und mit Rucksäcken auf dem Rücken. Eine Frau mit Kinderwagen hatte sichtlich Mühe, ihnen zu folgen.

»*Nicht* rennen!«, rief sie, während die Kinder zur Garderobe rannten. Wo meine Jacke hing, die inzwischen trocken sein musste. Was sie nicht lange bleiben würde, wenn sie gleich zwischen oder sogar unter klatschnasse Regenjacken zu hängen kam.

»Moment!«, rief ich und stürzte los.

Als ich zurückkam, saß Six mit dem Handy am Ohr da.

»Du kannst doch wohl zehn Minuten warten!«, hörte ich ihn sagen.

Was der oder die so Angesprochene darauf antwortete, hörte ich nicht, aber das Lächeln auf Six' Gesicht war verschwunden, und noch während er weiterredete, kam er um den Tisch und zog seine Jacke an.

»Ja, okay, ich komme«, sagte er und beendete das Gespräch, ohne Tschüs zu sagen.

»Die Waldfee oder der Troll?«, fragte ich.

»Der Troll. Mama hab ich seit Wochen nicht mehr gesehen«, sagte er.

Von der Magie zwischen uns war nichts mehr zu spüren.

»Ich muss los«, sagte er.

»Ich auch«, sagte ich, obwohl es nicht stimmte.

Sowieso wäre ich am liebsten mit ihm sitzen geblieben, bis die Bücherei schloss.

»Hast du's weit?«, fragte ich in der heimlichen Hoffnung, dass er mir verriet, wo er im richtigen Leben wohnte, und wir vielleicht den gleichen Weg hatten.

Aber er ging einer klaren Antwort aus dem Weg.

»Papa holt mich ab«, sagte er nur.

»Okay«, sagte ich und sah durch die gläserne Eingangstür, wie draußen der schmutzige Jeep anhielt.

Six zog die Kapuze über die dunklen Haare.

»Tschüs, *Jolanda*!«, sagte er und lächelte noch einmal sein strahlendes Lächeln.

Es waren echt die schönsten Zähne, die ich je gesehen hatte.

24

Für jemanden, der keine beste Freundin mehr hatte, war es doch noch ein spannender Abend geworden. Sogar das miese Wetter wurde besser. Es blieb zwar windig und kalt, aber auf dem Heimweg ließ wenigstens der Regen nach. Vielleicht konnte ich morgen sogar wieder zur Hütte. Und vielleicht kam ja Wildstern zurück.

Die Freunde des Waldes waren allerdings nichts für mich. Vermutlich bezahlte das eine andere Mitglied, von dem Isabella gesprochen hatte, seinen Mitgliedsbeitrag auch nur, um sein Gewissen zu beruhigen. Isabella schien mir mit ihrem Traum von der Rettung der Welt ziemlich allein zu sein. Vielleicht war sie das überhaupt, aber das war nicht mein Problem.

Die Haustür war nicht abgeschlossen, also waren Mama und Papa zu Hause. Ich zog Schuhe und Jacke aus und ging in die Küche.

»Warst du bei dem Wetter draußen?«, fragte Mama, als sie sah, dass ich vor Kälte zitterte.

»Ich war in der Bücherei«, sagte ich.

»Wir wollen uns *Die Tribute von Panem* ansehen – hast

du Lust?«, fragte Mama und machte sich auf den Weg ins Wohnzimmer.

Ich schaute aus dem Fenster. In Sandras Zimmer brannte Licht, und der Rest des Hauses war dunkel. Sie war da, hätte aber genauso gut in einer anderen Stadt wohnen können. Sogar in einem anderen Sonnensystem.

Es gab Unangenehmeres als einen Filmabend mit den Eltern, also schloss ich mich Mama an und ließ mich zu Papa aufs Sofa fallen. Er las Zeitung, aber als wir neben ihm saßen, lachte er uns an.

»Ein Spitzenfilm mit meinen zwei Lieblingsmenschen – was geht's mir heute gut!«, rief er und warf die Zeitung auf den Sofatisch.

Papa kramte die Fernbedienung zwischen den Sofakissen hervor, und ich nahm mir die Decke, die Tante Paula gestrickt hatte, und wickelte mich hinein, bis nur noch das Gesicht herausschaute. Als der Film anfing, wurde der Regen wieder stärker. An leisen Stellen hörte ich ihn gegen die Scheiben trommeln wie früher am Abend in der Bücherei.

Etwa bei der Hälfte des Films plingte mein Handy, dass eine SMS angekommen war. Das passierte um die Uhrzeit so gut wie nie, und wenn, war es Sandra. Die es nicht sein konnte. Ich fummelte das Handy im Aufstehen aus der Hosentasche und ging zum Nachschauen in den Flur. Ich sah eine Nummer, die ich nicht kannte, und plötzlich spürte ich ein Flattern im Bauch. Das Nächste war dann schon der konkrete Gedanke, es könnte Six sein, der irgendwie meine Nummer rausbekommen hatte. Schwer vorstellbar eigentlich, aber wer sagte, dass es auf der Welt immer logisch zugehen musste?

Du bist unmöglich zu erreichen!
Was machst du?

Das klang für mich nicht nach Six. Obwohl ich natürlich nicht wusste, wie er sich schriftlich ausdrückte. Trotzdem: Vorsicht!

Wer ist da?

Amanda natürlich. Mir ist langweilig.

Bevor ich antwortete, speicherte ich erst mal ihre Nummer.

Wir schauen *Die Tribute von Panem* – schon gesehen?

GELESEN – wie alle gebildeten Menschen.

Haha! Und was machst du?

Mich langweilen (s. o.) bis zum Abendessen. Wir sehen uns morgen!

»Frag Sandra doch, ob sie rüberkommen will!«, schlug Mama vor. »Wir drücken auf Pause und warten auf sie.«

»Sie ist beschäftigt«, antwortete ich.

Vielleicht stimmte es ja.

25

Ich wachte mitten in der Nacht davon auf, dass mir vor Kälte die Zähne klapperten. Gleichzeitig hatte ich Durst, fühlte mich aber zu schwach, um aufzustehen. Stattdessen angelte ich in dem üblichen Kleiderhaufen vorm Bett nach meiner Hose, zog sie an und wickelte mich fest erst in die Bett- und dann in die Tagesdecke. So schlief ich wieder ein.

Als ich am Morgen aufwachte, waren meine Augen so verklebt, dass ich sie kaum öffnen konnte. Als Papa mich von unten rief, brachte ich statt einer Antwort nur ein heiseres Krächzen heraus. Etwas später klopfte er an meine Tür und schaute herein. Bei meinem Anblick verwandelte sich sein Gesichtsausdruck schlagartig von genervt in besorgt.

»Himmel, wie siehst *du* denn aus?«, rief er erschrocken, dann kam er und setzte sich auf die Bettkante.

Er legte mir die Hand auf die Stirn, und sie war wunderbar kühl.

»Du glühst ja – warte, ich hol das Fieberthermometer!«

»Und Wasser bitte!«, flüsterte ich.

Kurz darauf hörte ich ihn die Treppe hinunterrennen.

Wenn mir nicht so elend gewesen wäre, hätte ich ihn jetzt um wer weiß was alles bitten können, denn wenn ich krank war, konnte ich Mama und Papa um den Finger wickeln. Mir *war* aber elend, und mein Hirn fühlte sich an, als bestünde es aus kochend heißem dicken Brei. Weil ich merkte, dass ich keinen klaren Gedanken fassen konnte, machte ich einfach nur die Augen zu.

Als Papa zurückkam, steckte er mir das Fieberthermometer in den Mund und befühlte noch mal meine Stirn.

»Du bleibst heute zu Hause«, sagte er.

Er holte mir eine Kopfschmerztablette, die ich mit dem Wasser herunterspülte, das er mir gebracht hatte. Dann verschwand er noch mal und kam mit Papiertaschentüchern, Halstabletten und einer Thermoskanne Tee zurück.

»Ich geb in der Schule Bescheid«, sagte er, als er alles auf meinem Nachttisch verstaut hatte. »Mama und ich rufen ab und zu an, aber wir versuchen auch, früher Schluss zu machen.«

Da ich nicht sprechen konnte, nickte ich nur.

Als ich das nächste Mal aufwachte, war es zwei Uhr nachmittags. Als ich sah, dass ich mehrere Anrufe meiner Eltern verpasst hatte, schrieb ich ihnen eine SMS, dass ich die ganze Zeit geschlafen hätte. Auch als Amanda eine Stunde später anrief, antwortete ich per SMS.

Ohne Stimme und todkrank.
War nett, dich gekannt zu haben!

Als Antwort kam ein GIF von einem Männchen, das über einen leeren Marktplatz torkelte, bis es kopfüber in einem Papierkorb landete. Witzig, aber mehr als ein stilles Schmunzeln schaffte ich trotzdem nicht.

Weil ich irgendwann was essen musste, ging ich nach unten und versuchte es mit trockenem Knäckebrot, wovon es mir prompt wieder schlechter ging. Ich legte mich im Wohnzimmer aufs Sofa und schlief, bis Mama und Papa nach Hause kamen.

*

So fing die Woche an, und so zäh ging sie weiter. Nachmittags fühlte ich mich manchmal besser, aber immer nur kurz. Ein paarmal sah ich Sandra durchs Fenster. Wahrscheinlich merkte sie gar nicht, dass ich in der Schule fehlte.

Amanda und ich schickten einander lustige Belanglosigkeiten. Sie zeichnete wirklich viel und hängte manchmal Fotos davon an. Auf einer Zeichnung sah man einen Elch einen Wagen ziehen, aber die Größenverhältnisse waren so daneben, dass der Elch mehr einem Iltis mit Geweih ähnlich sah. Es war mit Abstand das Witzigste, was mir in der Woche unter die Augen kam.

Wann kommst du wieder zur Schule?
Ohne dich ist es nur öde

schrieb Amanda.

Hoffe bald

schrieb ich zurück.

*

Am Freitag saß ich zum ersten Mal für eine Weile draußen, und als ich am Sonntag einen Gang zum Ende der Einfahrt schaffte, fanden Mama und Papa, ich könne am Montag wieder zur Schule gehen.

26

Als ich am Montag den Schulhof betrat, redete Amanda gerade mit Sebastian. Sie strahlte, als sie mich entdeckte, und machte mir Zeichen, dass ich zu ihnen kommen solle.

»Meine Freundin Johanna«, stellte sie mich Sebastian vor und hakte sich bei mir unter.

Ich fand es eine schöne Begrüßung.

»Wir kennen uns«, sagte Sebastian lächelnd. »Jedenfalls ein bisschen.«

»Sebastian ist mein Cousin«, erklärte mir Amanda. »Schwer zu glauben bei dem hässlichen Vogel, aber es stimmt.«

Er wollte sie mit dem Ellbogen in die Seite stoßen, aber sie wich ihm lachend aus.

»Man kann eben nur eins haben: Schönheit oder Hirn«, setzte Sebastian einen anderen Konter.

Ich fand, dass sie beide beides abbekommen hatten, hielt aber den Mund. Dann fiel mir ein, dass ich ihn nie gefragt hatte, wie seine Schachmeisterschaften ausgegangen waren. Als ich es jetzt nachholte, verbeugte er sich, als stünde er auf einem Siegerpodest.

»Ungeschlagener Sieger und Gewinner des Hauptpreises!«, sagte er feierlich.

»Oh, gratuliere!«

»Oh, danke! Die Jahreskarte fürs Freibad werde ich mein ganzes Leben nicht vergessen.«

Amanda und ich bogen uns vor Lachen, und plötzlich sah ich ein Stück hinter dem lächelnden Sebastian die ganze Clique um Lusse und Viktoria auftauchen. Auch Sandra war dabei.

»Achtung, hässlicher Cousin, heiße Fans im Anmarsch!«, feixte Amanda.

»Dabei hab ich alles versucht, um dich vor ihnen zu retten«, sagte ich, ohne vorher das Gehirn einzuschalten.

»Hä?«, sagte Sebastian.

»Wie das denn?«, fragte Amanda.

»Ich hab ihnen erzählt, dass du eine Freundin hast«, sagte ich wahrheitsgemäß, versuchte aber auch gleich zu erklären, wie ich dazu gekommen war: »Nur weil Lusse und Viktoria so genervt haben, was du dauernd am Handy machst. Da hab ich's ihnen einfach so hingeknallt. Dass du mit deiner Freundin chattest, meine ich. Damit sie mich nicht mehr nerven und *dich* nicht dauernd anglotzen. Ich an deiner Stelle hätte das sowieso nicht ausgehalten, und na ja ... so war's eben, darum wollte ich ... dir helfen.«

Je länger ich redete, desto blöder kam ich mir vor. Schließlich hatte er mich nie um Hilfe gebeten.

So wie Amanda grinste, schien sie das alles witzig zu finden, aber ich traute mich kaum, Sebastian anzuschauen, beziehungsweise nur so, wie man jemanden anschaut, bei dem man sich entschuldigen möchte. Wenn er jetzt sauer auf mich war, konnte ich das verstehen. *Er* war's ja, der mit dem Gerücht, das ich in Umlauf gebracht hatte, leben musste. Und vielleicht wollte er ja was von Lusse, wer konnte das wissen? Ich machte mir solche Sorgen, dass ich erst gar nicht merkte, wie zufrieden er schmunzelte.

»Clever, danke!«, sagte er. »Jetzt kann ich am Samstag auch zu Sandras Party. Die erfundene Freundin ist perfekt.«

Sandras Party? Redete er von *meiner* Sandra? Die gab doch keine Partys. Schon gar nicht für Leute, die sie kaum kannte. Jedenfalls hätte sie das früher nicht gemacht. Wie es jetzt war, wusste ich ja nicht.

»Kommst du auch?«, fragte mich Sebastian.

»Hatte ich nicht vor«, sagte ich. »Ich bin auch gar nicht eingeladen.«

»Ich glaube, *alle* sind eingeladen«, sagte Sebastian.

»Oh ja, bitte komm!«, sagte Amanda. »Dann muss ich nicht Sebastians Bodyguard spielen.«

Dann wollte sie also auch zu Sandras Fest. Die Sache wurde immer komischer.

»Ich weiß nicht. Mal sehen«, sagte ich.

Ich hatte zwar keine Pläne fürs Wochenende, aber Sandra fand es garantiert nicht lustig, wenn ich dort auftauchte, ohne eingeladen zu sein. Andererseits würde sie vor Sebastian kaum was sagen.

Als es läutete, ging Lusse wie zufällig nahe an uns vorbei.

»Wir sehen uns doch am Samstag, Sebbe?«

Sebbe? Wollte er wirklich so genannt werden?

»Kommt drauf an, ob meine Freundin hier ist«, sagte er.

Amanda sah Lusse mitleidig an, aber die schien es nicht zu merken. Ihr Blick war starr auf Sebastian gerichtet, ein lächelnder Blick, aber mit Mundwinkeln, als hätte man sie ihr festgetackert.

»Oder wir bringen sie einfach mit«, sagte Amanda.

»Genau! So machen wir's«, sagte Sebastian und knipste seinerseits ein Lächeln an, das Lusse endgültig nicht mehr auf die Reihe kriegte. Ganz offensichtlich wusste sie nicht, ob sie vor Glück, dass er's ihr schenkte, ohnmächtig werden sollte oder vor Trauer, dass er schon vergeben war.

27

Als ich nach der letzten Stunde auf den Schulhof kam, standen Lusse und Viktoria mit ihrem Gefolge draußen auf dem Bürgersteig im Kreis. Genauer gesagt, stand das Gefolge im Kreis um die beiden herum. So war klar, wer hier welche Rolle spielte. Am weitesten von der Mitte entfernt stand Sandra, die sicher der Zeit nachtrauerte, als sie Viktorias Rolle hatte übernehmen dürfen. Ihrer kurzen Glanzzeit, wenn man so will.

Ich blieb stehen und tat so, als müsste ich meine Schnürsenkel fester binden. Vielleicht konnte ich so aufschnappen, worüber sie redeten.

Lusse wischte auf einem Handy herum, und so wie sie es den anderen hinhielt, war ich mir fast sicher, dass sie es vor allem vorzeigen wollte.

»Hast du *schon wieder* ein neues Handy?«

Selbst Viktoria schien ein bisschen neidisch zu sein, verbarg es aber schnell hinter einem bewundernden Blick.

Lusse schaute eher gelangweilt, aber mir konnte sie nichts vormachen: Viktorias Reaktion war genau das, worauf sie gewartet hatte.

»Papa hat's mir gestern mitgebracht. Es ist super. Und schnell!«

Da ich die Schnürsenkel nicht zweimal binden konnte, ohne dass es aufgefallen wäre, wollte ich weitergehen. Als ich mich aufrichtete, hörte ich jemanden von der anderen Straßenseite nach mir rufen.

Als ich sah, wer es war, ratterte mein Herz im Tempo einer Nähmaschine. Abgewetzte Jeans, derbe Schuhe, die mir heute zum ersten Mal auffielen, dazu die waldgrüne wattierte Kapuzenjacke: Six.

Ich hob die Hand, als wäre es das Normalste der Welt, dass nach der Schule ein gut aussehender fremder Junge auf mich wartete. Im Kreis um Lusse und Viktoria schien jedes Interesse an Lusses neuem Superhandy erloschen. Als ich über die Straße ging, hörte ich keinen Mucks. Ich spürte nur die Blicke, die sich in meinen Nacken bohrten.

»Wartest du auf jemanden?«, fragte ich.

Schließlich konnte ich nicht wissen, ob er nicht jede Menge andere Leute an unserer Schule kannte.

Er griff nach meinen Haaren und zupfte breit lächelnd an einer Strähne.

»Auf dich natürlich«, sagte er.

»Woher weißt du, in welche Schule ich gehe?«, flüsterte ich, um sicherzugehen, dass man es auf der anderen Straßenseite nicht hörte. Es brauchte niemand zu wissen, dass dieses Treffen nicht verabredet war.

»Hab ich nicht erzählt, dass ich auch gewisse Kräfte besitze? – Ich kann Gedanken lesen.«

Ich musste lachen.

»Okay, und woran denke ich gerade?«

»An ein Eis. Du möchtest ein Eis, und *ich* geb dir eins aus!«

Ich mag Eis, also war klar, dass ich die Einladung annahm.

28

Eine frische Herbstbrise verwehte die Blätterhaufen auf den Bürgersteigen, aber in der schmalen Torggatan war es fast windstill, und alles lag brav an seinem Platz. Wir setzten uns an einen der Tische, die vorm Eiscafé Milano noch im Freien standen.

»Was möchtest du?«, fragte er, nahm die Eiskarte aus dem Gestell, in dem auch Papierservietten steckten, und schlug sie vor mir auf. »Ich kann alles mit Erdbeeren empfehlen. Dann den Pralinenbecher …«

»Sollte nicht *ich dir* was empfehlen?«, unterbrach ich ihn. »Schließlich bin ich hier zu Hause.«

Wo Six wohnte, wusste ich zwar nicht, aber ich war mir sicher, dass er nicht von hier war, sonst hätte ich ihn wenigstens vom Sehen kennen müssen – und bei ihm hätte einmal gereicht, um ihn nicht zu vergessen.

»Ich weiß, wovon ich rede«, sagte er. »Das hier ist der beste.«

Er zeigte auf den Zombieschock, einen mit blutroter Erdbeersauce übergossenen Berg Schokoladeneis, in den sie Glotzaugen aus Weingummi einsetzten. Es war Sandras und mein Lieblingsbecher.

»Okay, dann den«, sagte ich, und er ging nach drinnen, um die Bestellung aufzugeben.

Aldo, der Besitzer des Eiscafés, war ein gemütlicher Mensch, der gern mit den Gästen plauderte, was sehr nett sein konnte, wenn man allein war, aber auch anstrengend, wenn man mit jemandem kam, mit dem man sich unterhalten wollte. Durchs große Fenster sah ich Aldo strahlen, als Six auf ihn zukam.

Sie redeten miteinander, und ich hörte Aldo lachen, wusste aber nicht, worüber. Vermutlich hatte Six was Witziges gesagt, und in jedem Fall schienen sich die beiden zu kennen. Sie benahmen sich wie alte Kumpel, die sich viel zu erzählen hatten, und ich saß draußen und wünschte mir, ich hätte was zu lesen dabeigehabt.

Andererseits hatte ich so Zeit, über Six nachzudenken. Was, zum Beispiel, machte er überhaupt? Er war ja ungefähr in meinem Alter, also hätte er normalerweise noch zur Schule gehen müssen. Nur wo? In unsere ging er ja nicht, und eine andere gab's hier nicht. Er konnte natürlich von der Schule befreit sein und zu Hause unterrichtet werden, aber aus was für einem Grund? Ich beschloss, ihn danach zu fragen, obwohl mein Gefühl mir sagte, dass ich nicht viel aus ihm herausbekommen würde. Er wirkte zwar offen und gesprächig, aber wenn ich's mir genau überlegte, wusste ich bisher nur, dass er Sixten hieß und sein Vater einen vor Schmutz starrenden Jeep fuhr.

Vielleicht hielt er es aber auch wie ich und flunkerte immer nur haarscharf an der Wahrheit entlang, weil man dann nicht so schnell ertappt wurde. Dann konnte es gut sein, dass ich mehr über ihn wusste, als ich dachte.

Als er endlich zurückkam, brachte er nicht nur zwei extragroße Zombieschocks mit, sondern auch einen Teller Mini-Donuts, Aldos leckere Spezialität. Wir machten uns hemmungslos über die Sachen her.

29

Warum gehst du eigentlich nicht zur Schule?«, fragte ich irgendwann.

»Wer sagt denn, dass ich das nicht tue?«

Wie ich vermutet hatte, wich er einer Antwort aus. Warum wollte er bloß nichts von sich preisgeben?

»An unserer Schule hätte ich dich schon bemerkt. Typen wie dich übersieht man nicht«, sagte ich mit dem süßesten Lächeln, das ich hinkriegte.

Er wurde rot.

»Im August und September hab ich immer frei. Das heißt, ich hab schon jede Menge Hausaufgaben, aber ich muss nicht in den Unterricht«, sagte er, ohne mich dabei anzuschauen.

»Und wieso nicht?«

»Wegen Papas Arbeit.«

Ich schob einen Löffel Eis in den Mund, und er nutzte die Gelegenheit, von sich abzulenken.

»Und deine Eltern waschen echt die Wäsche anderer Leute?«

Ich schluckte das Eis, bevor ich antwortete.

»Denkst du, ich lüg dich an? Sie haben eine Wäscherei.«

»Schwer zu glauben«, sagte Six und schaute auf meinen Pulli.

Ich folgte seinem Blick und sah einen bräunlichen Fleck, wo ich mich mit Eis bekleckert hatte.

»Klarer Fall von Schusters Kindern«, sagte ich mit einem Achselzucken. »Und was machen deine Eltern?«

»Wie ich schon sagte, mein Papa ist ein Troll und meine Mama eine Waldfee.«

Mir war überhaupt nicht danach, das Spiel weiterzuspielen, trotzdem fragte ich noch, was solche Waldwesen denn tagsüber so machten.

»Als Troll brüllt man vor allem herum. Daneben zähmt man wilde Tiere und macht Sachen, die man eigentlich nicht darf.«

Irgendwie passte das sogar zu dem Vater mit dem grimmigen Gesicht, der dröhnenden Stimme und den verdreckten Stiefeln.

»Und was macht deine Mama? Richtig, meine ich?«

Jetzt gab Six nach.

»Sie ist Krankenschwester.«

»Hier im Krankenhaus?«

Six schüttelte den Kopf.

»Meine Eltern haben sich getrennt, als ich noch ganz klein war. Mama hat eine Stelle in Norwegen und ist immer ein paar Wochen am Stück weg.«

»Fehlt sie dir?«

»Na ja, ich leb ja eigentlich bei ihr. Bei Papa bin ich immer nur ein paar Wochen im Herbst. Früher war das für mich der Höhepunkt des Jahres, aber das hat sich leider geändert.«

Er schaute nachdenklich auf die Reste seines Eisbechers, und ich beschloss, das Thema zu wechseln. Ich war froh, dass er mit mir über seine Familie redete, aber er brauchte auch nicht gleich in Trübsal zu versinken.

»Magst du am Samstag mit auf eine Party?«

Bis jetzt hatte ich nicht wirklich daran gedacht hinzugehen, aber mit Six war es vielleicht gar keine schlechte Idee. So würde ich ihn wiedersehen, und wenn ich mit gleich drei anderen ankam, würde sich Sandra ganz bestimmt nichts zu sagen trauen.

»Kommen da viele Leute?«, fragte er.

Ich zuckte mit den Achseln.

»Keine Ahnung. Ich bin nicht so der Partytyp.«

Six sah erleichtert aus.

»Ich auch nicht. Die letzte, auf der ich war, war die Abifete eines Cousins. Oder eigentlich war's mehr ein Familientreffen mit Krawattenzwang und Kuchen.«

Ich wusste genau, wovon er sprach: Die Tische waren im Karree aufgestellt, und man saß an den Wänden entlang auf harten Stühlen.

»Und wo ist die Party?«, fragte Six.

»Bei Sandra«, sagte ich. »Sie wohnt gleich neben mir und war mal meine beste Freundin.«

»War?«

»Als vor ein paar Wochen die Schule wieder losging, hat sie plötzlich nicht mehr mit mir geredet. Sie verbringt jetzt lieber ihre Zeit mit Leuten, die glauben, dass Prince tatsächlich aus einer königlichen Familie stammte.«

Six lachte.

»Ich weiß nicht mal, ob sie mich bei der Party dabeihaben möchte, aber ein paar andere Freunde haben mich gefragt, ob ich mitkomme, und jetzt frag ich *dich*. Also was ist, kommst du mit?«

»Klar!«

Ich gab ihm meine Adresse und meine Handynummer, und wir machten aus, dass wir uns am Samstagabend um halb neun bei uns vorm Haus treffen würden.

Wir redeten noch eine Weile, aber genau wie in der Bücherei klingelte irgendwann sein Handy, und er musste los.

»Bis Samstag!«, sagte er und lächelte, dass seine Augen blitzten.

»Bis dann!«, sagte ich.

30

Ich wollte die Zeit mit Six so lange wie möglich festhalten. Darum nahm ich zwar schon meinen Rucksack, brach aber nicht gleich auf, sondern brachte Aldo erst noch die leeren Becher und den Teller.

Als ich alles auf der Theke abstellte, hörte ich draußen Stimmen, und als mich umschaute, sah ich Lusses Clique mit ihr und Viktoria an der Spitze auf die Tür zukommen. Ich überlegte im Ernst, ob ich Aldo bitten sollte, mich durch die Hintertür rauszulassen. Dass er sich über mich gewundert hätte, wäre mir egal gewesen. Ich zögerte nur, weil ich mir sagte, dass ich ja wohl noch selbst bestimmte, wo ich mich aufhielt und wo nicht. Bevor ich mich endgültig entschied, was ich tun sollte, hatten mich Lusse und Viktoria schon entdeckt. Vor der Schule hatten sie mich noch in Ruhe gelassen. Jetzt kam Lusse auf mich zu, und die anderen folgten ihr, erst Viktoria, dann der Rest mit Mimmi, dem Mädchen vom Land, das inzwischen offenbar als Vollmitglied aufgenommen war, als Letzter. Es hatte was von einem feierlichen Lucia-Einzug.

»Hi, Johanna!«, sagte Lusse so freundlich, dass sie mit Sicherheit was von mir wollte.

»Hi.«

»Bist du am Gehen?«

»Mhm«, antwortete ich und zog mir den Rucksack etwas höher auf die Schulter.

»Willst du nicht noch ein bisschen bleiben?«

Seltsam. Lusse verschwendete normalerweise keine Zeit mit freundlichen Bitten, schon gar nicht an jemand so Unspannenden wie mich. Dass sie mich plötzlich spannend finden könnte, glaubte ich keine Sekunde.

Sandra sah mich nicht mal an, aber an Lusse bemerkte ich denselben Gesichtsausdruck, mit dem sie um Sebastian oder andere ältere Jungs herumschlich, für die sie sich interessierte. Auch Viktoria hatte etwas Lauerndes im Blick.

Natürlich. Hier ging es um Six. Sie hatten gesehen, wie wir zusammen losgegangen waren, und wollten herausfinden, was es mit ihm auf sich hatte. Dass Lusse *ihn* spannend fand, konnte ich mir gut vorstellen. Plötzlich war ich froh, dass er nicht an unserer Schule war. Bei der kurz aufflackernden Vorstellung, er könnte was mit Lusse anfangen, spürte ich eine Wut in mir aufsteigen, die mir fast ein bisschen unheimlich war.

Lusse bestellte Weißen Traum für alle, und niemand protestierte, auch Sandra nicht, von der ich sicher wusste, dass ihr Zombieschock lieber gewesen wäre. Als sie zwei Tische zusammenrückten, blieb ich auf einem der Barhocker an der Theke sitzen. So konnte ich mit ihnen reden und zeigte trotzdem, dass ich nicht dazugehören wollte.

»Wer war das nach der Schule?«

Die Frage, auf die ich gewartet hatte.

»Ein Freund.«

Für einen Moment war ich versucht, ihm auch eine Freundin anzudichten, damit Lusse gar nicht erst auf dumme Gedanken kam.

Obwohl es ja sein konnte, dass er eine hatte. An die Möglichkeit hatte ich noch gar nicht gedacht. Jetzt hoffte ich, dass es nicht so war.

Aber das Verhör war noch nicht zu Ende.

»Und wie heißt er?«

»Six.«

Ihre hellblauen Augen leuchteten.

»Cooler Name. – Seht ihr euch oft?«

»Warum fragst du?«

Lusse schaute verdutzt. Sie war es nicht gewohnt, dass man nicht brav ihre Fragen beantwortete.

»Ach, vergiss es!«, sagte sie und zwirbelte eine Haarsträhne zwischen den Fingern. »Kommst du zu Sandras Party? Ihre Eltern sind nicht da, und es gibt interessante Sachen zu trinken.«

War es eigentlich Sandras oder Lusses Party? Und wieso spielte es eine Rolle, was es zu trinken gab?

»Ihr seid doch Nachbarn, oder?«, fragte sie, als ich wieder keine Antwort gab.

Ich schielte zu Sandra, weil ich es immer komischer fand, dass sie einfach nur dasaß und Lusse zuhörte. Mit den Lippen versuchte sie zwar zu lächeln, ihr Gesicht als Ganzes zeigte aber etwas anderes, nämlich giftgrünen Neid.

Wahrscheinlich schenkte ihr Lusse nur selten so viel Aufmerksamkeit wie jetzt gerade mir.

»Ich weiß noch nicht. Mal sehen«, sagte ich so ähnlich wie zu Amanda und Sebastian, dann stand ich auf.

Ich erzählte Lusse nicht, dass ich schon entschieden hatte, mit Six hinzugehen.

Aldo stellte ein Tablett mit Eisbechern vor ihr ab, und wie sich herausstellte, war auch einer für mich dabei. Ich tat, als bemerkte ich es nicht, und ging mit einem »Tschüs!« über die Köpfe hinweg zur Tür.

Die Sonne schien, und ich hatte Zeit. Ich beschloss, zur Hütte zu gehen.

31

Es war über eine Woche vergangen, seit ich zuletzt am See gewesen war. Ich vermisste Wildstern. Zu Hause zog ich mich um und machte eine große Tüte Popcorn. Weil ich nicht noch mal krank werden wollte, lieh ich mir Mamas dicke schwarze Wollmütze und die dazugehörigen Handschuhe.

Ich entdeckte noch Überbleibsel vom letzten Popcorn, aber keine frischen Elchspuren. Die Popcornreste sahen aus wie eingeweicht und waren wahrscheinlich auch für Elche ungenießbar. An Wildstern zu denken machte mich traurig, aber ich würde nach ihr suchen. Gleich jetzt, bevor es dunkel wurde. Ich ließ das frische Popcorn bei der Hütte und ging los.

Eigentlich hatten mich andere Waldbesucher nie gestört. Ich sah sie mehr wie Touristen, die sich zufällig an einen Ort verirrten, an dem ich zu Hause war. Und klar, der Wald gehörte mir auch nicht. Ich kannte mich darin nur am besten aus. Die meisten anderen waren Jogger, Pilzsucher und Beerensammler, die sich selten weit von den Wegen entfernten. Ging man tiefer hinein, war der Wald so gut wie unberührt. Nur heute war er's nicht. Ich fand Spuren im weichen Untergrund, vor allem im Moos, wo ich nur selten welche gefunden hatte.

Es waren Spuren von Schuhen, und bald fand ich heraus, dass sie alle in dieselbe Richtung wiesen. Und immer wieder fand ich geknickte und abgebrochene Zweige. Es zeigte sich, dass wir das Spurensuchen nicht umsonst geübt hatten. Sandra und ich, meine ich. Als es zu dämmern begann, wurde das Ganze schwieriger, aber meine Augen gewöhnten sich schnell an das nachlassende Licht.

Außerdem hatte ich meine Ohren. Je schlechter ich die Spuren erkennen konnte, desto aufmerksamer achtete ich auf Geräusche. Als ich Stimmen hörte, dachte ich erst, ich bildete sie mir nur ein. Aber es dauerte nicht lange, und ich wusste, dass jemand in der Nähe sein musste. Die Stimmen kamen von einer Lichtung, die ich kannte. Sie lag gut versteckt und war vielleicht die schönste in der ganzen Umgebung. Hier war sonst eigentlich niemand, schon gar nicht um die Tageszeit.

Es konnten natürlich Pfadfinder sein.

Sandra und ich hatten die Pfadfinder immer albern gefunden. Wir kannten zwar niemanden, der bei ihnen mitmachte, aber in Uniform herumzulaufen und allzeit bereit zu sein war einfach nicht unser Ding. Sicher, wir hielten uns gern in der Natur auf, aber das konnten wir auch so, und wenn es nötig gewesen wäre, hätten wir auch pfadfindermäßig in der Wildnis überlebt. Das heißt, bei Sandra war ich mir da nicht mehr sicher. Gut möglich, dass sie inzwischen alles, was man dafür wissen musste, vergessen hatte.

Ich versteckte mich am Rand der Lichtung hinter einem Gebüsch, um erst mal die Lage zu peilen. Im Dämmerlicht sah ich zwei windschiefe Wohnwagen auf der anderen Seite der Lichtung und ein kleines Lagerfeuer ziemlich genau in der Mitte. Um das Feuer herum saßen drei Männer in Campingstühlen und hielten Stöcke mit aufgespießten Würstchen über die Flammen. Hinterm Fenster eines der Wohnwagen brannte schummriges Licht.

Es sah aus, als gäbe es das versteckte Camp schon länger. Neben den Stufen zum einen Wohnwagen lag ein umgefallener Müllsack, aus dem leere Bier- und Konservendosen herausgerollt waren. Ein Stück von den Wohnwagen entfernt stand ein Kompressor, wie man ihn auch in alten Ferienhäusern ohne Stromanschluss benutzt.

Ich kniete mich ins Moos und wartete, ob ich etwas in Erfahrung bringen konnte. Die Männer am Feuer redeten so laut, dass ich sie gut verstand.

»Die Leute aus Norrfjälla melden sich nächste Woche«, sagte einer. »Dann wollen sie auch wissen, was wir pro Elch verlangen.«

»Minnesens viertausend«, sagte ein anderer, etwas rundlicher mit schwerer Zunge. Er hatte als Einziger außer dem Würstchenstock auch eine Dose Bier in der Hand.

»Viertausend ist zu wenig, verdammt noch mal!«, fluchte der Dritte. »Wenn die nicht fünf- oder sechstausend zahlen, machen wir den Deal mit einem Zirkus, da warten sie nur auf die Viecher.«

Ich hatte das Gefühl, die Stimme des dritten Manns zu kennen, aber er kehrte mir den Rücken zu.

Wenn ich sein Gesicht sehen wollte, musste ich mich auf die andere Seite der Lichtung schleichen.

32

Vielleicht hatte ich zu lange ins Feuer geschaut, jedenfalls übersah ich im Dämmerlicht ein Loch zwischen den Moospolstern und strauchelte. Im Versuch, nicht zu hinzufallen, griff ich nach einem Zweig und dachte auch, ich hätte ihn erwischt, als mir ein Schmerz in die Handfläche schoss, als hätte ich einen glühenden Draht angefasst. Von der Handfläche jagte der Schmerz den Arm hinauf zur Achselhöhle, wo er noch für ein paar Sekunden nachklang.

War da etwa ein Elektrozaun? Mitten im Wald?

»Ist da jemand?«, rief der dritte Mann.

»War wahrschein'ch ein Fuchs«, sagte der mit der schweren Zunge. »Gimma noch'n Bier!«

Für einen Moment war es still, dann hörte ich das Knacken und Zischen einer Bierdose, und die Männer redeten, etwas leiser jetzt, weiter.

Ich verhielt mich noch eine Weile vollkommen ruhig und schaute auch nicht mehr zum Feuer. Die Dunkelheit setzte allmählich ein, und es wurde für die Augen nicht leichter. Wie ich feststellte, gab es tatsächlich einen Zaun, genauer gesagt, zwei Drähte, die ungefähr in Knie- und

Brusthöhe nicht sehr sorgfältig zwischen die Bäume gespannt waren. Ich richtete mich vorsichtig auf und folgte den Drähten, die ein Stück an der Lichtung entlangführten und sich dann von ihr entfernten.

Bald merkte ich, dass ich es wohl mit einer Umzäunung zu tun hatte. Lange konnte es die noch nicht geben, sonst hätten Sandra und ich sie irgendwann entdeckt.

Ich brauchte lange, um die Umzäunung abzulaufen, denn die Fläche, die sie umschloss, war groß, und manchmal hatte ich Mühe, die Drähte im Dunkeln nicht aus den Augen zu verlieren. Am Ende näherte ich mich wieder der Lichtung, aber diesmal von der Seite, wo die Wohnwagen standen. Der mit dem schummrigen Licht hatte auch auf der Rückseite ein Fenster. Da es keine Vorhänge gab, musste ich mich nur auf die Zehenspitzen stellen, dann konnte ich hineinschauen.

Ich sah niemanden, aber auf dem Tisch stand ein Teller mit Essensresten. Daneben lag ein aufgeschlagenes Buch, dessen Titel mich interessiert hätte, aber dazu hätte ich den Umschlag sehen müssen. Dann schaukelte der Wohnwagen plötzlich, als wäre da doch jemand, und Sekunden später ging das Licht aus. Ich schaute um den Wohnwagen herum nach den Männern, und sie saßen noch am Feuer. Es war leider so heruntergebrannt, dass ich ihre Gesichter nur noch in Umrissen sah. Auch wirklich verstehen konnte ich sie nicht. Ich schnappte nur wieder »Norrfjälla« und den Namen Bento auf, und aus der Art, wie sie über diesen Bento sprachen, schloss ich, dass sie auf ihn sauer waren.

Zum ersten Mal, seit ich denken konnte, war es mir im Wald nicht geheuer. Was, wenn die Männer mich bemerkten? Zu Hause wusste ja niemand, wo ich war.

Mich fröstelte, und das kam bestimmt nicht nur davon, dass es in der Woche, die ich mehr oder weniger im Bett verbracht hatte, noch herbstlicher geworden war. Ich trat, achtsam Fuß um Fuß ins Moos setzend, den Rückweg an.

Ich wollte erst der Umzäunung folgen, um dann an der richtigen Stelle zur Hütte abzubiegen. Als die Stimmen der Männer schon eine Weile verklungen waren, hörte ich plötzlich ein leises Knacken. Es kam eindeutig von jenseits der Drähte. Ich blieb stehen, und es folgte ein ebenso leises Schnauben. Dann sah ich etwas großes Dunkles auf mich zukommen. Ein Pferd? Pferde? Dann wären es vielleicht Zugtiere für die Wohnwagen gewesen, und ich hätte mir darüber keine Gedanken zu machen brauchen. Aber dann sah ich den Kopf mit den Ansätzen von Schaufeln, den Rücken mit dem Buckel, und natürlich war da der Geruch. Da kam ein Elch, und die Männer mussten ihn eingesperrt haben.

Jetzt war mir auch klar, worüber sie geredet hatten. Es gab jemanden in Norrfjälla, einen Bento womöglich, der sich für Elche interessierte, und die Männer konnten ihm helfen …

Es waren Elchfänger.

33

In der Nacht schlief ich schlecht. Der Wald war mein Rückzugsort, und was dort vor sich ging, gefiel mir nicht. Trotzdem sagte ich zu niemandem etwas und ging nachmittags zur Hütte. Vielleicht fand ich noch mehr heraus als gestern.

Am Seeufer war alles voller Spuren. Es sah aus, als wären dort wer weiß wie viele Leute herumgetrampelt. Erst als ich genauer hinschaute, entdeckte ich, dass die Spuren alle vom selben Paar Schuhe stammten. Der oder die Unbekannte hatte ungefähr meine Schuhgröße.

Als mein Handy plingte, dachte ich, es wäre Amanda, aber es war eine unbekannte Nummer.

> Die Klamotten am Samstag:
> Brauch ich was Besonderes?

Also Six.

> Leih dir was von deinem Papa
> und komm als Troll!

Ich setzte mich seitlich in die Hängematte und schaukelte mich mit einem Fuß.

Haha! Im Ernst jetzt?

Ich hatte noch keinen Gedanken an die Kleiderfrage verschwendet und es auch gar nicht für nötig gehalten. Was ich anzog, war doch wohl egal. Die sahen mich jeden Tag in der Schule und wussten, wie ich aussah, was hätte es da für einen Sinn, mich für die Party zu verkleiden?

Keine Ahnung. Ich geh wahrscheinlich ganz normal.

Also schmuddelig?

Ich musste lachen.

Treffer! Ich dachte an was Helles mit Ketchup-, Blut- und Heidelbeerflecken.

Gut. Ich hab genau die richtige Matschhose dazu. Was zusammen kommt, soll auch zusammenpassen.

Bitte nicht! Ich wünsch mir was Trolliges. Please, ja?

Mal sehen. Was machst du so?

Bin draußen: Fallen stellen und die Natur im Auge behalten.

Du bist aber keine Pfadfinderin?

Ich wollte schon protestieren, da hatte ich eine Idee: Ich machte ein Selfie mit Funkelblick und einer Hand über der rechten Augenbraue. Ich meinte mich zu erinnern, dass so der Pfadfindergruß ging.

Es kamen drei Reihen lächelnde Emojis zurück.

Ich wollte eine Antwort schreiben, als die Hüttentür aufging und Isabella herauskam.

Sie blieb auf der Treppe stehen, und ich dachte: Was hat die verdammt noch mal hier verloren? Ich war stinksauer und wusste nicht, ob mehr auf mich, weil ich nicht gemerkt hatte, dass jemand in der Hütte war, oder mehr auf Isabella, die offensichtlich meinte, sie hätte das Recht, sich darin aufzuhalten.

Sie schaute zum See und sah mich ein Stück abseits in meiner Hängematte gar nicht, sondern streckte sich und setzte sich auf die oberste Treppenstufe, als wäre sie hier zu Hause. Ich stand auf und näherte mich ihr mit leisen Schritten. Ich wollte sie erschrecken, das war meine Rache für ihre Dreistigkeit. Erst als ich schon fast bei ihr war, sagte ich mit lauter Stimme:

»Kannst du nicht lesen?«

Sie fasste sich ans Herz und fuhr herum, aber als sie sah, dass ich es war, lachte sie.

»Himmel, hast du mich erschreckt! Ich dachte, ich bin allein hier.«

»Kannst du nicht lesen?«, wiederholte ich meine Frage und zeigte auf das Schild mit der Aufschrift PRIVAT und den von Sandra und mir gemalten Abwehrzeichen.

»Schon«, sagte sie. »Da gibt's nur auch das Jedermannsrecht, und das gilt auch, wenn irgendwelche Leute meinen, sie könnten so ein Plätzchen für sich allein haben. – Die Hütte ist übrigens ganz gemütlich. Warst du mal drin?«

War sie ein bisschen schwer von Begriff, oder was?

»Die Hütte *gehört* mir«, sagte ich. »Und *du* warst es wahrscheinlich, die neulich meinen Brei gefuttert hat.«

Plötzlich sah Isabella doch noch aus, als wäre ihr die Sache peinlich, aber sie fing sich schnell.

»Meine Güte, ein Päckchen Instant-Brei!«, sagte sie. »Das kannst du doch wohl verschmerzen. Viel wichtiger ist sowieso, dass hier im Wald irgendwas abgeht. Ich bin vorgestern ein bisschen herumgelaufen und hab Spuren gefunden, die wir uns vielleicht zusammen anschauen sollten. Kennst du die kleine Wiese, wo der Wald ein Stück vom See zurückweicht? Die war vollkommen platt getrampelt.«

Six hatte mich kurz von meinem ursprünglichen Plan, mehr über die Vorgänge im Wald herauszufinden, abgelenkt. Große Lust, mich dafür mit Isabella zusammenzutun, hatte ich nicht, aber sicherer war es natürlich.

34

Isabella war kein bisschen vorsichtig. Sie pflügte ohne jede Rücksicht auf irgendwelche Farne, Moose oder sonstige Pflanzen durch den Wald, und mehr Krach als sie hätte auch ein wild gewordener Mähdrescher nicht machen können.

»Bist du sicher, dass du die Wiese nicht selber platt getrampelt hast?«, fragte ich, und sie hörte es gar nicht, weil sie gerade auf einen armdicken trockenen Ast trat, der krachend auseinanderbrach.

»Geht's vielleicht *ein bisschen* leiser?«, stöhnte ich.

»Und wen sollen wir hier stören?«, fragte sie über die Schulter.

Dann stiefelte sie weiter, und ich biss mir auf die Lippen, hielt von da an aber etwas Abstand zu ihr. Wenn sie den Wohnwagenmännern in die Arme lief, wollte ich wenigstens noch reagieren können.

Erwähnt hatte ich die Männer nicht. Da Isabella nichts in der Richtung angedeutet hatte, schien sie von dem Camp nichts zu wissen. Ich selbst war mir unsicher, was ich ihr sagen sollte und was nicht. Sie war bestimmt nicht dumm, aber sie schien mir auch unberechenbar, weshalb ich es für klüger hielt, erst mal abzuwarten. Ich kannte die Wiese natürlich, und das Beruhigende war, dass sie ein gutes Stück von dem Camp entfernt lag.

Isabella erzählte schnaufend und sich immer wieder nach mir umdrehend, dass sie vorgestern eigentlich gar nichts gesucht habe und nur auf gut Glück im Wald herumgelaufen sei.

»Aber wer weiß, vielleicht findet man so am meisten«, sagte sie. »Und jedenfalls bin ich froh, dass du aufgetaucht bist. Zu zweit machen solche Erkundungsgänge doppelt so viel Spaß.«

Wenn sie mit mir redete, holte ich jedes Mal wieder auf, aber als sie ein paarmal zögerte, bevor sie mit Trampelschritten weiterging, ließ ich den Abstand wieder größer werden. Dann hatten wir die Wiese erreicht.

»Sieh dir das an!«, sagte sie so laut, dass eine Schar Vögel aus einem Gebüsch aufflog.

Tatsächlich war das schon herbstgelbe Gras auf der Wiese an so vielen Stellen niedergetrampelt, als hätten sich dort große Tiere aufgehalten. Wo Pferde länger weideten, sah es so aus, und natürlich hätte jemand auch seine Pferde hierherbringen können. Ich wusste nur nicht, wer das hätte sein sollen.

»Und das hast du vorgestern entdeckt?«, fragte ich.

»Wie ich schon sagte.«

Der Punkt war: Es gab auch jede Menge Spuren von ziemlich großen Schuhen oder Stiefeln, und ich war mir sicher, dass einige davon keine zwei Tage alt waren. Ich zeigte

Isabella die frischen Abdrücke im weichen Boden, und sie stimmte mir zu. Nach ihr musste noch jemand da gewesen sein. Vielleicht sogar öfter. Und so jemand konnte auch wiederkommen.

Nur wenige Schritte vom Waldrand entfernt stand eine große Kiefer, die ein gutes Versteck und ein perfekter Beobachtungsplatz gewesen wäre. Ihre untersten Äste waren nur schon so weit oben, dass man sie unmöglich erreichen konnte. Gleich daneben wuchs eine kleine Espe, deren Stamm zwar auch bis fast zur Krone astlos war, aber so dünn, dass ich vielleicht daran hochklettern konnte. Ich legte probeweise die Hände darum und spürte, dass es funktionieren würde. Der Stamm hatte den richtigen Umfang für einen guten Halt.

Es war eine Weile her, dass ich zuletzt einen astlosen Baum hinaufgeklettert war, aber meine Muskeln schienen sich noch daran zu erinnern. Abwechselnd die Füße und Hände nach oben schiebend, erreichte ich bald die Stelle, wo ich nach dem ersten Kiefernast greifen konnte. Er bog sich unter meinem Gewicht, aber er hielt es aus, als ich mich auf ihn hinüberzog. Der Ausblick von dort oben war in der Tat perfekt. Ich sah sogar den See und konnte die Wiese und den Wald darum herum wunderbar überblicken.

Isabella stand unten neben der Kiefer und schaute zu mir hoch, machte aber nicht wirklich den Versuch, mir nachzuklettern. Sie sprang zwar ein paarmal in die Höhe, als wollte sie einen der unteren Kiefernäste erreichen, aber sie sah ja genauso gut wie ich, dass es trotz ihrer längeren Arme und

Beine gar nicht möglich war. Den Weg über den Espenstamm probierte sie erst gar nicht.

»Wie hast du das hingekriegt?«, fragte sie verwundert.

Ich murmelte was von Übung und schlug ihr vor, sich ein anderes strategisch günstiges Versteck zu suchen.

»Die Wacholderbüsche da drüben«, sagte ich und zeigte auf eine Stelle am Waldrand auf der anderen Seite der Wiese. »Von da hast du auch einen guten Blick.«

»Stimmt«, sagte sie und stiefelte los.

Natürlich wäre es Glück, wenn gleich heute jemand käme, und wir mussten ja auch irgendwann nach Hause. Aber die Frage, ob jemand kam, würde sich auch morgen oder übermorgen stellen. Ich machte es mir in einer Astgabel bequem und wartete. Was immer heute noch passierte, allein die Aussicht war die Mühe wert. Und wenn ich mir Isabella wegdachte, konnte ich mir sogar einbilden, ich hätte die ganze schöne Natur ringsum für mich allein.

Es war vielleicht eine halbe Stunde vergangen, als ich ein leises Knacken hörte. Ich schaute zu den Wacholderbüschen und sah kurz Isabellas Kopf auftauchen. Ich weiß nicht, warum, aber irgendwie sah es für mich nicht so aus, als hätte sie auf das Geräusch reagiert. Eher hatte ich den Eindruck, sie wolle was zu mir herüberrufen, darum machte ich ihr schnell Zeichen, dass sie still sein und sich ducken solle. Was sie sogar machte!

Der Wald war hier so dicht, dass ich es zwar immer lauter knacken hörte und bald sogar Schritte und ein Stampfen wie von Hufen erkannte, aber sehen konnte ich niemanden.

Ich wurde mir nur immer sicherer, dass die Geräusche aus der Richtung kamen, in der die Lichtung mit den Wohnwagen lag. Ich wagte kaum zu atmen, obwohl man schon Adleraugen gebraucht hätte, um mich in meinem Versteck zu entdecken.

Ich sah sie erst im allerletzten Moment, als sie fast senkrecht unter mir aus dem Wald kamen: erst ein stoppelbärtiger Mann in armeegrüner Jacke und Hose, dann ein Elch, den der Mann an einem Seil führte. Das Seil war mit einem Lederriemen am Hals des Tiers befestigt, und irgendetwas sagte mir, dass es der Elch sein musste, den ich gestern Abend nur als dunklen Schatten innerhalb der Umzäunung gesehen hatte.

35

Der Stoppelbärtige ging fast im Laufschritt. Wahrscheinlich passte er sich so dem Tempo des langbeinigen Elchs an. Er erinnerte mich ein bisschen an einen Tierfilmer aus dem Fernsehen.

Ein Stück hinter dem Elch kamen die anderen beiden Männer. Ich erkannte den Biertrinker und sah, dass er dicker war, als ich vermutet hätte. Er trug ein schmutziges Käppi und zu knapp sitzende Jeans, die aussahen, als könnte er sie jeden Augenblick verlieren. Der andere trug eine speckige Lederjacke und hatte eine eingerollte Lederpeitsche in der Hand.

Auf der Wiese angekommen, warf der Elch den Kopf zurück, als wollte er sich losreißen, und der Mann in Armeegrün zerrte am Seil.

»Schluss jetzt!«, knurrte er.

Der Elch bewegte die Ohren, gehorchte aber und wurde ruhiger. Er hatte noch einfache, ungegabelte Spieße und keine richtigen Schaufeln. Noch ein paar Wochen zuvor hätte ich nicht gewusst, wie alt so ein Tier war, aber inzwischen hatte ich ja viel über Elche gelesen. Es musste sich um ein Männchen von etwa zwei Jahren handeln. Auch solche

Jungtiere waren schon so kräftig, dass man sich von ihnen besser keinen Stoß verpassen ließ. Trotzdem schien der Mann, der es am Seil führte, keine Angst vor ihm zu haben.

Er ging mit dem Elch bis zur Mitte der Wiese, wo das Gras am heftigsten niedergetrampelt war. Dort führte er den Elch im Kreis, und von oben war gut zu sehen, dass er das nicht zum ersten Mal machte. Eine Kreisspur zeigte es deutlich. Ab und zu blieb der Mann plötzlich stehen, und der Elch machte es ihm gehorsam nach. Gehen, stehen bleiben, gehen und immer so weiter, Runde um Runde.

»Lass ihn auch rückwärts gehen!«, sagte irgendwann der mit der Lederjacke, aber das schien dem Elch weniger zu passen. Er wurde bockig und warf wieder den Kopf zurück.

»Soll ich übernehmen?«, fragte der Lederjackenmann, und ich schaute unwillkürlich auf die Peitsche, deren dünner werdendes Ende er jetzt nach unten baumeln ließ.

Aber der andere schüttelte den Kopf.

»Warte noch!«

Tatsächlich brachte er den Elch durch leises Zureden dazu, ein paar Schritte rückwärts zu machen. Danach ging es wieder vorwärts und mit gelegentlichem Anhalten im Kreis. Runde um Runde.

Es sah sterbenslangweilig aus, und ich verstand auch nicht, was es sollte. Dressierte man so Elche?

»Zieh mal das Tempo an!«, meldete sich nach einer Weile wieder der mit der Lederjacke.

Der Dicke stand die ganze Zeit nur da und kaute Kaugummi.

Von da an ging es eine Weile in einer Art leichtem Trab. Für eine schnellere Gangart fehlten dem schnaufend vorneweg trabenden Mann ganz offensichtlich die sportlichen Fähigkeiten und die Kondition.

»Und gut!«, keuchte er und brachte den Elch mit einem Ruck am Seil zum Stehen.

Dass seine Kumpel lachten, quittierte er mit finsteren Blicken.

»Er braucht das zwei-, dreimal am Tag, wenn er rechtzeitig fertig sein soll. Außerdem müssen wir ihn an Lasten gewöhnen«, sagte der mit der Lederjacke, und die anderen beiden nickten.

Dann führte der Stoppelbärtige den Elch auf demselben Weg davon, den sie gekommen waren, und der Lederjackenmann und der Dicke gingen hinterher.

Als ich nichts mehr von ihnen hörte, ließ ich mich direkt am Stamm der Kiefer abwärtsgleiten, aber selbst das war nicht einfach, denn meine Beine und Arme waren vom langen Still-in-der-Astgabel-Sitzen ganz steif. Isabella kam über die Wiese gerannt, aber sie versuchte wenigstens, keinen unnötigen Lärm zu machen. Die Männer hatten ihr wohl auch nicht gefallen. Trotzdem funkelten ihre Augen vor Tatendrang.

»Wahnsinn!«, flüsterte sie, und man hörte, dass sie am liebsten laut gejubelt hätte. »Die haben wir auf frischer Tat ertappt. Elche fangen, um sie zu dressieren, ich glaub's ja nicht! Und hast du die Peitsche gesehen? Das ist Tierquälerei! Hier in *unserem* Wald!«

Es klang fast, als freute sie sich über einen Sieg.

»Sorry, aber ich muss jetzt nach Hause«, sagte ich nur.

»Aber du kommst doch mit, wenn sie verhaftet werden? Die zeig ich nämlich an. Ich hab alles auf dem Handy, mit dem Video können wir die Schweinerei beweisen!«

Sie war vollkommen aus dem Häuschen.

»Verhaftet? Bist du sicher, dass sie überhaupt was Verbotenes tun, solange sie die Elche nicht töten?«

Was mir im Kopf herumging, war natürlich, dass ich Wildstern ja auch hatte dressieren oder zumindest zähmen wollen, um irgendwann auf ihr zu reiten. Ich wandte mich zum Gehen, aber Isabella stellte sich mir in den Weg.

»*Verteidigst* du die Tierquäler etwa? Auf wessen Seite stehst du eigentlich?«

»Auf der Seite der Elche, reg dich ab!«, sagte ich ruhig.

»Den Eindruck hat man aber nicht!«, fuhr sie mich an. »Und jetzt komm, wir versuchen noch rauszukriegen, wo sie den Elch hinbringen!«

Sie hatte mich am Arm gepackt und wollte mich fortziehen, aber ich wehrte mich.

»Lass los!«, sagte ich. »Wenn du dich mit denen anlegen willst, bitte! *Ich* will nach Hause.«

Ich spekulierte darauf, dass sie keine Lust hatte, in der demnächst hereinbrechenden Dunkelheit allein durch den Wald zu gehen, und ich hatte recht.

»So verrät man seine Sache, gratuliere!«, fauchte sie. »Aber morgen knöpf ich mir die Kerle vor, verlass dich drauf!«

»Und wie genau machst du das? Willst du ihnen sagen, dass sie den gefangenen Elch gefälligst freilassen sollen? Und überhaupt nie wieder Elche einfangen? Glaubst du, die hören auf dich? – *Ich* glaube, dass du dir da was Besseres einfallen lassen musst.«

Ich ging an ihr vorbei, und sie kam mir nach. Aber wir redeten nicht mehr miteinander. Isabella hielt sich die ganze Zeit hinter mir, und als wir zu den ersten Häusern kamen, gingen wir auseinander.

»Ich red heute noch mit der Zentrale!«, rief sie mir hinterher. »Wir *müssen* was unternehmen!«

36

Am nächsten Morgen saßen Lusse und die anderen in der Pause an ihrem Tisch, obwohl Sebastian nicht mal in der Nähe war.

»Hallo, Johanna!«, sagte Lusse und rückte zur Seite, als wäre sie sicher, dass ich mich zu ihnen setzen würde.

Aber ich war mit Amanda bei den Spinden verabredet und hatte nicht vor, mich davon abbringen zu lassen.

Ich wollte mit einem freundlichen »Hallo!« an ihnen vorbei, aber so schnell gab Lusse nicht auf.

»Setz dich!«, sagte sie.

Es klang wie ein Befehl und eine Einladung gleichzeitig. Lusses bewährte Masche.

»Ich hab leider keine …«

»Stimmt, wir hatten ja was vor!«, fiel mir Sandra ins Wort.

Sie sprang auf und kam auf mich zugestürzt.

Wir hatten überhaupt nichts vor, und eigentlich hätte ich sie ignorieren sollen. Aber da war eben auch unsere lange Freundschaft, und ein bisschen war ich auch neugierig, worauf sie hinauswollte. Sie nahm mich am Arm, als wollte sie mich vom Tisch forthaben, und ich gab nach und folgte ihr.

»Wir sehen uns«, sagte ich zu den anderen.

Für einen Moment war es plötzlich so, wie ich es mir fürs neue Schuljahr vorgestellt hatte. Sandra und ich Seite an Seite.

Erst als wir außer Hörweite der anderen waren, sagte Sandra: »Ich muss mit dir über was reden.«

Das Gesicht, das sie dabei machte, war das der neuen Sandra: schlecht gelaunt und verschlossen.

»Mach schnell, ich hab's eilig!«, sagte ich.

Amanda stand schon bei den Spinden und wartete auf mich. Sie schien überrascht, Sandra und mich zusammen zu sehen.

»Nicht hier«, sagte Sandra.

Ich seufzte.

»Bin gleich da!«, rief ich Amanda zu.

»Ich hab's nicht eilig!«, rief sie lächelnd, und ich war mir sicher, das bezog sich nicht nur auf jetzt.

Sandra führte mich in die Schulkantine, die um die Zeit leer war. Eigentlich durfte man hier nicht sitzen, aber es wurde auch nicht kontrolliert.

»Das mit der Safari«, sagte sie. »Versprich mir bitte, dass du's Lusse und den anderen nicht erzählst, okay?«

Ich merkte überrascht, dass ich die blöde Geschichte vollkommen vergessen hatte. In letzter Zeit war einfach viel zu viel passiert, als dass ich daran noch einen Gedanken verschwendet hätte. Six, Amanda und Sebastian, die ganze Sache mit den Elchen, Isabella – was interessierten mich da erfundene Afrikareisen?

»Auch wenn ich mir umgekehrt nicht so sicher wäre – ich verrat dich natürlich nicht«, sagte ich und hörte selbst, dass ich ganz schön sauer klang.

»Sorry, ich war doof«, sagte sie.

Hatte sie jetzt nur Angst, ich könnte mich an ihr rächen wollen, oder meinte sie das ehrlich? Ich fand ja, sie sah traurig aus.

»Ich halt den Mund, versprochen«, sagte ich. »Aber dir ist schon klar, dass der Quatsch irgendwann auffliegen wird?«

»Ich bleib eben doof«, sagte Sandra und seufzte.

Dann plingte mein Handy.

Könntest du dir vorstellen, mit mir ins Kino zu gehen? Heute um vier? Sie wiederholen einen Film, der grottenschlecht sein soll, aber ich sehne mich nach Gesellschaft. Bitte!

Meine Mundwinkel bogen sich ohne mein Zutun nach oben.

»Wer war das?«, fragte Sandra.

»Amanda wartet«, sagte ich.

Sollte sie daraus schlau werden oder auch nicht.

37

Nach der Schule stand Mamas alter Opel auf dem Parkplatz, und sie sprang mit dem Handy in der Hand heraus.

»Warum gehst du nicht dran, wenn ich anrufe?«, fragte sie.

Angeblich wusste sie nicht, dass wir während des Unterrichts nicht drangehen *durften*. Als ich mein Handy aus dem Rucksack holte, hatte ich jede Menge verpasste Anrufe von ihr.

»Was ist denn los? Ist was passiert?«

»Wir wollten doch zum Kaffee zu Ulla und Paula, Paulas Vierzigsten feiern!« Mama stöhnte. »Hab ich das vergessen zu erzählen?«

»Ja«, sagte ich.

Beide Tanten hatten keine eigene Familie und wohnten zusammen auf dem kleinen Bauernhof, der mal ihren und Mamas Eltern gehört hatte. Es war eine knappe halbe Stunde Autofahrt bis dorthin, und dass ich nicht mitkam, war ausgeschlossen. Geburtstage waren in unserer Familie heilig.

Ich schaute ins Auto und sah Papa mit einem halb verwelkten Blumenstrauß in Braun und Gelb auf dem Beifahrersitz sitzen. Er hob den Strauß, um mich zu begrüßen, und ich fand die Blumen selten hässlich, wusste aber, dass Paula sie gerade deshalb lieben würde. Sie suchte beim Einkaufen auch immer das schrumpeligste Obst aus, weil ihr der Anblick von etwas Schrumpeligem, wie sie sagte, zu Herzen ging. Und sie kaufte aus Prinzip nur Anziehsachen, die andere Leute in den Geschäften liegen ließen.

Ich ließ mich auf den Rücksitz fallen und klinkte den Sicherheitsgurt ein.

»Hier«, sagte Mama und reichte mir eine Banane nach hinten.

Das schon etwas ältere Exemplar hatte die gleichen dumpfen Farben wie die Blumen, und ich überlegte, ob ich Paula nicht eine Freude machen und es im Geburtstagsstrauß verstecken sollte. Ich war nur leider zu hungrig.

Während ich die Banane verspeiste, holte ich das Handy heraus.

Wurde vor der Schule entführt.
Meine Tante feiert Geburtstag.
Sorry. Ein andermal!

Als Antwort bekam ich ein GIF von einem Welpen, der einsam und verlassen die Ohren auf dem Boden schleifen ließ.

*

Weil Ulla und Paula selbst keine Kinder hatten, waren sie zu mir immer besonders nett. Manchmal stritten sie sich im Spaß darüber, wer von ihnen die bessere Tante sei, und ich überlegte immer, ob nicht auch ein bisschen Ernst dabei war.

Paula war Journalistin bei einer Zeitschrift für Menschen mit körperlichen oder geistigen Beeinträchtigungen, und Ulla war Köchin in einem Restaurant. Mama war ihre große Schwester und machte sich immer Sorgen um sie.

»Ich wünschte mir für beide, sie würden endlich einen Mann finden«, sagte sie oft. Und nach einer kurzen Pause: »Oder meinetwegen eine Frau.« Das ging dann an meine Adresse, damit ich sie nicht für verklemmt hielt. »Ich kann mir gar nicht vorstellen, mutterseelenallein da draußen zu wohnen.«

»Sie haben doch *sich*«, sagten Papa und ich dann immer, weil wir beide fanden, dass sie doch so leben konnten, wie sie wollten. Man sah ja, dass es ihnen dabei gut ging. Ulla zum Beispiel arbeitete immer nur ein paar Monate am Stück, dann nahm sie das Geld und reiste irgendwohin, um Yoga zu machen und zu meditieren. Und Paula interessierte sich für alles, was man mit den Händen machte. Sie webte, strickte und tischlerte sogar, wann immer sie Zeit dazu hatte. Außerdem hatten sie ihre Hunde. Möpse.

*

Wir fuhren auf den Hof und wurden beim Aussteigen mit dem üblichen Höllenlärm empfangen.

Oder eigentlich handelte es sich um Gebell, das von da kam, wo früher, als Mamas Eltern noch gelebt hatten, ein Blumengarten gewesen war. An der Stelle hatten Ulla und Paula einen großen Hundezwinger gebaut, vor dem ich mich, wenn ich ehrlich sein soll, ein bisschen ekelte. Vor der Tür stand immer ein Paar Extrastiefel, damit man beim Betreten nicht so auf die vielen Hundehaufen achtgeben musste. Die Stiefel hatten einen witzigen Namen: Scheißetreter. Trotzdem zog ich sie nicht gern an, und sowieso betrat ich den Zwinger nur, wenn es unbedingt sein musste.

Die Hunde selbst mochte ich, allerdings auch mehr aus der Ferne. Der beziehungsweise die Älteste dort war Majs, bei der die Klickermethode nicht geklappt hatte. Sie bekam in regelmäßigen Abständen Junge, die im Prinzip verkauft wurden, aber fast von jedem Wurf blieben ein oder zwei Welpen übrig, von denen sich die Tanten nicht trennen konnten, weshalb sie immer mehr Hunde hatten als eigentlich geplant.

»Hallo, hallo, kommt rein!«, rief Paula von der Haustür aus.

Sie trug ein geblümtes Kleid und hatte ein Tuch um den Kopf gewickelt. Ulla schaute ihr über die Schulter und winkte.

Wir umarmten die beiden, und Papa überreichte Paula den Blumenstrauß. Sie freute sich haargenau so darüber, wie ich es erwartet hatte. Im Haus duftete es herrlich nach

Vanille, und auf dem Küchentisch stand eine von Ulla noch nicht ganz zu Ende dekorierte Riesentorte, die wir zu fünft niemals schaffen würden.

*

»Misan hat wieder Junge, magst du sie sehen?«, fragte mich Paula, als wir beim besten Willen keine Torte mehr runterkriegten.

Misan war die Hauskatze, die gern ihrer eigenen Wege ging. Einer ihrer Lieblingsplätze war der Schafstall, der nicht mehr benutzt wurde, weil es auf dem Hof keine Schafe mehr gab. Die Großeltern hatten noch welche gehalten, aber jetzt lohnte es sich nicht mehr. Nur der kleine Heuboden über dem Schafstall wurde noch benutzt, und dort versteckte sich Misan gern, wenn sie merkte, dass es mit den Jungen so weit war.

»Ich glaube, Pettersons Angorakater ist der Papa, die Kleinen haben so ein weiches Fell«, erzählte Paula, während wir über den Hof gingen.

Wir kletterten die wackelige Leiter zum Heuboden hinauf, und da lag die Katzenmama auf einer alten Decke. Sie sah eigentlich aus wie immer: dick und gemütlich mit hell- und dunkelgrauen Streifen, nur dass diesmal ein Knäuel aus fünf kuschelweichen blinden Kätzchen neben ihr lag. Wir setzten uns daneben, und ich holte mir eins von ihnen auf den Schoß. Er war grau und hatte weiße Flecken am Hals. Genau wie Wildstern, dachte ich, und vielleicht war es der eine kleine Gedanke, der plötzlich alles aus mir heraussprudeln ließ, was mir in letzter Zeit passiert war.

Ohne mir groß zu überlegen, was Tante Paula wohl dazu sagen würde, erzählte ich ihr von Sandra und Amanda, von Sebastian und Six, von Isabella und ihrem Verein und ganz zum Schluss auch von Wildstern und den Elchfängern, die schon mindestens einen Elch gefangen hatten und auf der versteckten Wiese im Wald zu dressieren versuchten.

»Wow!«, sagte Paula, als ich fertig war. »Wenn ich dich nicht so gut kennen würde, wäre ich fast versucht zu sagen, dass du das alles nur erfunden hast.«

Ich muss wohl etwas beleidigt ausgesehen haben, denn sie legte mir lächelnd die Hand auf den Arm.

»Aber *weil* ich dich so gut kenne, weiß ich auch, wie vollkommen fantasielos du bist. Auf so was wärst du nie im Leben von allein gekommen.«

Sie wusste genau, wie sie mich piesacken konnte, und ich wollte ihr nicht den Gefallen tun und auch noch darüber lachen. Ich versuchte ernst zu bleiben, aber meine zuckenden Mundwinkel verrieten mich.

»Ich weiß, ehrlich gesagt, auch nicht, ob das, was die Männer da machen, verboten ist«, fuhr Paula fort. »Vielleicht kann man sich so was ja genehmigen lassen. Wenn du willst, mach ich mich da mal kundig.«

»Ja, bitte. Aber sag Mama und Papa nichts. – Wenn du mich nicht verrätst, bist du von jetzt an meine Lieblingstante.«

»Und *ich* dachte, das wäre ich schon.«

Ich streckte ihr die Zunge raus.

»Sehr erwachsen, Respekt!«, revanchierte sie sich.

*

Wir waren gegen sieben Uhr abends wieder zu Hause, und es war noch nicht vollständig dunkel.

»Ich bin noch mal kurz weg«, sagte ich, als wir aus dem Auto stiegen.

»Bleib aber nicht zu lange!«, sagte Mama.

Ich wechselte schnell die Schuhe, zog einen zusätzlichen Pulli an und ging los.

Vor der Hütte war es ruhig, aber es schien, als wäre Isabella wieder da gewesen. Der Herd war warm, und der Brei war endgültig alle. Sie kapierte wirklich nichts. Sie selbst war nicht mehr da, und das war auch besser für sie.

Ich überlegte, ob ich mich zur Lichtung mit den Wohnwagen schleichen sollte, und beschloss, es lieber nicht zu tun. Wenn die Männer mich entdeckten, hätte ich allein keine Chance gegen sie. Weniger gefährlich war es sicher, noch mal bei der Wiese vorbeizuschauen. Wenn die Männer mit dem Elch beschäftigt waren, war das Risiko, dass sie mich bemerkten, geringer. Außerdem konnte ich dort eher so tun, als ginge ich spazieren oder wäre eine Orientierungsläuferin beim Training.

Ich machte mich also auf den Weg, und als ich durch die Bäume schon die Wiese erkennen konnte, hörte ich Geräusche, über die ich nicht lange nachdenken musste: Es waren die Schritte eines langsam dahintrottenden Elchs. Ich schlich mich vorsichtig weiter und sah, wie erwartet, den Elch von gestern im Kreis gehen. In der Mitte des Kreises stand jemand, und ich dachte erst, es wäre auch derselbe Mann wie gestern. Aber ich täuschte mich.

Es war Six.

38

Er benutzte ein Seil, wie es auch der stoppelbärtige Mann benutzt hatte. Und plötzlich wusste ich, warum mir der so bekannt vorgekommen war: Es war kein Tierfilmer, sondern Six' Vater, der sich nur den volleren Bart abrasiert hatte.

Anders als Sandra machte Six beim Lügen alles richtig und blieb nah bei der Wahrheit: Er lebte im Wald, sein Vater zähmte wilde Tiere, und den gestreichelten Elch hatte er auch nicht erfunden. Als hätte ich es leise geahnt.

Ich schlich mich näher heran und versteckte mich am Waldrand. Angst, dass Six mich bemerken könnte, hatte ich nicht. Vielleicht schaute ab und zu meine Mütze über das Gebüsch, hinter dem ich in Deckung gegangen war, aber die war schwarz wie der Wald im Dämmerlicht des frühen Abends. Six war außerdem ganz auf den Elch konzentriert.

Er ließ das Tier noch länger im Kreis laufen und warf nur manchmal einen Blick in die Richtung, in der das Camp lag. Wartete er darauf, dass von dort jemand kam, oder befürchtete er es, weil er lieber allein mit dem Elch arbeiten wollte?

Irgendwann lockte er den Elch mit einem leisen Pfiff,

und der kam und stellte sich dicht vor ihn. Six hielt ihm die Hand unters Maul, und so wie der Elch die Lippen öffnete, gab es was Leckeres zu fressen. Als der Elch die Lippen wieder schloss, sah ich Six die andere Hand bewegen, als würde er etwas zusammendrücken. Dann hörte ich es klicken. Das Plastikding.

Der Elch senkte den Kopf, und Six klickte wieder und legte ihm die Arme um den Hals. Der Elch ruckte mit dem Kopf, als wollte er sich befreien und Six sogar mit den Spießen stoßen, aber der ließ nicht los, und plötzlich ging alles ganz schnell: Six machte einen Schritt zur Seite und schwang sich dem Elch in einer einzigen fließenden Bewegung auf den Rücken.

Es war unglaublich, aber der Elch zuckte nur ein paarmal nervös mit den Ohren, dann trottete er wieder brav im Kreis. Six hielt das Seil wie einen Zügel, und nach einer Weile ließ er das Tier traben. Die Schritte des Elchs wurden dabei länger, und ich überlegte mir, dass es auf seinem schaukelnden Rücken nicht sehr bequem sein konnte. Aber Six saß darauf wie festgewachsen. Man merkte, dass es nicht das erste Mal war.

Für Six schien es keinen großen Unterschied zu machen, ob er auf einem Pferd oder auf einem Elch ritt. Mir selbst fiel vor allem auf, dass die Bewegungen des Elchs raumgreifender und langsamer waren als die eines Pferdes. Am besten sah man das, als Six das Tier nach einer längeren Phase, in der es nur normal gegangen war, in schnellem Tempo über die Wiese jagte. Der Elch kam dabei in riesigen Schritten auf mich zu und schlug erst knapp vor den ersten Bäumen einen Haken, bevor Six ihn anhalten und dann langsam zur Mitte der Wiese zurückzockeln ließ.

Ich saß in meinem Versteck und wusste nicht, wo mir der Kopf stand. Da waren also Leute, die Elche fingen, um sie zu dressieren und an irgendwen zu verkaufen, der was mit dressierten Wildtieren anfangen konnte. Und Six war einer von ihnen! Er war an etwas beteiligt, was mit ziemlicher Sicherheit verboten war.

Aber er machte auch genau das, wovon ich seit Wochen träumte. Er ritt auf einem Elch. Also war das möglich. So bedrückt ich war, dass Six zu einer Bande zwielichtiger Elchfänger gehörte, so fasziniert war ich von dem Gedanken, dass mein Traum in Erfüllung gehen könnte.

Gleich darauf fiel mir Wildstern ein, und ich fragte mich wieder, wohin sie bloß verschwunden war.

39

Nach allem, was in den letzten Tagen passiert war, konnte mich so schnell nichts mehr überraschen. Auch nicht, dass am nächsten Tag nach Schulschluss nachmittags um drei Isabella auf mich wartete.

»Ich hab was ganz Unglaubliches entdeckt«, sagte sie.

»Sag bloß, ein viertes Mitglied«, grummelte ich.

Aber sie nahm es gar nicht zur Kenntnis, sondern redete weiter.

»Auf einer abgelegenen Lichtung stehen zwei Wohnwagen, und gleich daneben sind zwei Elche hinter einem Elektrozaun eingesperrt. Einer ist der von der Wiese!«

Ich zögerte kurz. Bis auf den zweiten Elch erzählte sie mir zwar nichts Neues, aber da war natürlich Six, und ich hatte kein gutes Gefühl bei dem Gedanken, dass Isabella etwas über ihn rauskriegen könnte.

»Oh«, sagte ich schließlich. »Wirklich?«

Sie reagierte mit einem wütenden Blick.

»Ich dachte, du willst dabei sein, wenn wir Freunde des Waldes was unternehmen. Wir werden denen zeigen, dass man mit uns rechnen muss. Ich hab's schon mit den anderen in der Gruppe besprochen.«

»Ich wollte dich schon länger fragen, wer eigentlich das dritte Mitglied ist«, sagte ich, aber sie winkte nur ab, als wäre das vollkommen unwichtig.

»Wir treffen uns gleich nachher in der Hütte, und als Erstes befreien wir die Elche. Dann regeln wir das mit der Polizei.«

»In der Hütte? *Meiner* Hütte?«

Ich traute meinen Ohren nicht.

»Klar. Sie ist in jeder Hinsicht der perfekte Treffpunkt.«

Nur dass das bei dem Winzverein auch für eine Toilette oder einen Putzschrank gegolten hätte!

»Hab ich dir die Hütte eigentlich angeboten und es nur nicht gemerkt?«, fragte ich und fand mich sogar selber nervig.

»Sei nicht so egoistisch! Falls dich die genaue Uhrzeit interessiert: halb fünf«, sagte Isabella und ging.

*

Normalerweise ließ ich mir für den Weg nach Hause Zeit, aber heute legte ich ihn im Dauerlauf zurück. Ich hatte beschlossen, die Elche vor Isabella und ihren Waldfreunden aus ihrem Gefängnis zu holen. Als ich die Haustür aufstieß, war ich nass geschwitzt. Ich wechselte die Kleider, zog Wanderschuhe an und schlüpfte in meinen Anorak. Für frisches Popcorn war keine Zeit, aber Mama und Papa hatten am Tag zuvor welches gemacht und eine halbe Schüssel übrig gelassen. Ich kippte es in eine Plastiktüte, die ich mit einer Flasche Wasser und ein paar Äpfeln in meinen Wanderrucksack stopfte.

Äpfel und Wasser waren für mich, das Popcorn wollte ich als Lockmittel für die Elche verwenden. Wenn jemand im Camp war, würde ich ja kaum mit ihnen reden können. Dass sie auf Popcorn standen, konnte ich nur hoffen, aber Wildstern hatte es ja auch gemocht.

Auch durch den Wald rannte ich, wo immer es möglich war. Erst als ich mich der Lichtung näherte, ging ich langsam und versuchte, keine Geräusche zu machen. Ich achtete darauf, wo ich hintrat, und atmete leise. Als ich zwischen den Bäumen die Lichtung erkannte, bog ich in Richtung der Umzäunung ab. Ich fand sie auch bald.

Und da sah ich Six. Er stand vielleicht dreißig Meter entfernt und kehrte mir den Rücken zu. Vielleicht hätte ich auf so eine Situation gefasst sein müssen. Aber ich war es nicht. Trotzdem überlegte ich keine Sekunde und ging einfach weiter, als wäre ich ganz normal hier unterwegs. Natürlich würde Six mich bald bemerken, aber sollte er doch! *Er* würde *mir* was erklären müssen, nicht umgekehrt. Ich wollte mich schon geräuschvoller als nötig bewegen, damit ich ihn nicht unnötig erschreckte, als ich selbst erschrak und stehen blieb. Ich sah, dass Six vor der Umzäunung stand und die Hand über die Drähte streckte. Drinnen stand ein Elch.

Wildstern!

40

Wildstern, die ich so vermisste, stand auf der anderen Seite des Elektrozauns und sah Six an. Mein Herz machte Sprünge, und ich wusste nicht, ob vor Neid, Glück oder Enttäuschung.

Obwohl sie gefangen war, sah Wildstern aus, als ginge es ihr gut. Six lockte sie an, und ich sah, dass er dabei den oberen Draht berührte, also war da wohl kein Strom. Wildstern kam und drückte Six das Maul in die Achselhöhle, und er stand so still, als würde er es genießen.

»Six«, sagte ich leise, dann trat ich aus dem Schatten zweier dicht stehender Tannen, in den ich bei Wildsterns Anblick gehuscht war.

Wildstern hob den Kopf, als sie meine Stimme hörte. Six drehte sich um und schaute zu mir her. Seine Augen wurden groß wie Teller, als er mich entdeckte. Er schluckte.

»Johanna?«

Als ich zu ihnen kam, prustete Wildstern leise und stupste mich sanft mit dem Maul. Bestimmt erkannte sie auch den Duft des Popcorns in meinem Rucksack. Ich kraulte sie hinter den Ohren, und sie blinzelte auf ihre behäbige Art mit den Augen und stand vollkommen still. Da war wieder ihr Geruch, und ich spürte eine große Wärme und Ruhe.

Six starrte uns an, als stünde er unter Schock.

»Aber … was machst du hier?«, stieß er hervor. »Wie kommst du hierher?«

»Das hier ist *mein* Wald, könnte man sagen. Jedenfalls kenn ich ihn auswendig«, sagte ich. »Übrigens hab ich dich gestern schon gesehen – auf dem männlichen Jungtier.«

»Auf Thor. Er heißt Thor. Er steht da hinten, siehst du?«

Es war wenigstens ein guter Name.

Wir schwiegen, aber es fühlte sich nichts mehr richtig an. Es hätte einiges zu sagen gegeben, aber keiner wollte den Anfang machen. Six war es dann, der zuerst den Mund aufbekam.

»Papa will beide Elche an einen Zirkus verkaufen. Die zahlen ganz ordentlich, aber für die Elche tut's mir leid. Du weißt schon, Wildtiere, die in Zirkuswagen über holprige Landstraßen gekarrt werden, nur damit sie jeden Abend ihre Kunststückchen machen.«

Das stimmte natürlich, aber ob es für Wildstern besser war, wenn die Jäger ihr nachstellten? Als hätte sie verstanden, wovon Six gesprochen hatte, hob Wildstern den Kopf und schaute ihn aufmerksam an.

Ich versuchte, meine eigene Anspannung zu lösen, indem ich Wildstern wieder kraulte, aber sie senkte den Kopf und benagte einen Tannenzapfen, der vor ihr im Moos lag.

»Und was ist mit Norrfjälla?«

Six konnte einen leisen Schreck nicht verbergen.

»Was weißt du eigentlich alles?«

»Ich denk mal, das meiste«, bluffte ich.

Six fuhr sich mit den Händen durch die Haare, die er heute nicht im Nacken zusammengebunden hatte.

»Da gibt's einen Tierpark, wo es die Elche besser gehabt hätten, aber der Besitzer war plötzlich nicht mehr interessiert. Wahrscheinlich weil Papa ihn schon mal aufs Kreuz gelegt hat. Er denkt immer, er kann machen, was er will, weil die Leute sowieso alles vergessen. Aber diesmal hat er sich verkalkuliert. So ist das. – Und übrigens weiß er gar nicht, dass ich auf Thor reite. Ich tu's heimlich und hab's ihm nicht verraten.«

Wildstern hatte sich ein Stück entfernt und rupfte halb verwelktes Gras.

»Wo ist er?«

»Papa? Unterwegs mit den anderen, den Deal mit den Zirkusleuten feiern. Wie ich sie kenne, kommen sie erst in der Nacht zurück.«

Six nahm mich mit zur Lichtung, wo vier Campingstühle um die Feuerstelle standen, einer mehr als an dem Abend, als ich die Männer beobachtet hatte. Auf dem Weg hatte ich mich ein paarmal nach Wildstern umgedreht, aber wir würden ja bald zu ihr zurückkommen.

Das Camp sah wirklich grässlich aus. Der Müllsack lag immer noch an derselben Stelle. Wenn neuer Müll angefallen war, hatte man ihn einfach daneben geschmissen. Alle möglichen Gerätschaften, aber auch Kleidungsstücke waren über den ganzen Platz verstreut. Dass die Wohnwagen in keinem guten Zustand waren, hatte ich schon im Dunkeln bemerkt. Jetzt, bei Tageslicht, vermutete ich, dass sie vom Schrottplatz stammten. Ich meinte, den Gestank von abgestandenem Bier zu riechen. Six sah schaute sich um, als ginge ihm gerade erst auf, dass er auf einer Müllkippe lebte.

41

»Und wie viele Elche habt ihr eingefangen?«, fragte ich.

»Nur die zwei, die du gesehen hast«, antwortete Six. »Thor schon länger. Die Hirschkuh …« Über sein Gesicht huschte ein Lächeln. »… ist uns sozusagen zugelaufen. Wir waren mit Thor auf der Wiese, und Papa hatte den Zaun offen gelassen. Als wir zurückkamen, stand sie an Thors Futterplatz und hat sich gemütlich satt gefressen. Sie war kein bisschen scheu.«

»Daran bin wahrscheinlich ich schuld«, sagte ich. »Ich bin oft an einer bestimmten Stelle am See, wo die Elche gern zum Trinken hinkommen. Da hab ich sie ein paarmal gefüttert.«

»Meinst du, bei der tollen Hütte?«

Ich nickte und wunderte mich überhaupt nicht, dass er die Hütte gut fand.

»Die gehört mir«, sagte ich. »Ich hab mit Sandra dort gespielt, seit wir klein waren. Wildstern ist immer gegen Abend aufgetaucht, und ich hab ihr Popcorn mitgebracht.«

Six lachte und sah für einen Augenblick so unbekümmert aus wie an dem Abend in der Bücherei.

»Popcorn! Darauf wär ich nie im Leben gekommen. Und Wildstern passt gut zu ihr.«

Er schaute zwischen die Bäume, und als ich seinem Blick folgte, meinte ich Wildstern sogar zu sehen. Oder jedenfalls einen Elch, der sich mit dem Hinterteil zu uns an einem Baum scheuerte.

»Ich durfte sie sogar streicheln, aber plötzlich war sie verschwunden«, erzählte ich Six. »Auf der Suche nach ihr hab ich erst das Camp hier und dann die Trampelspuren auf der Wiese entdeckt.«

Six musterte mich aus zusammengekniffenen Augen.

»Dann hast du also die ganze Zeit gewusst, dass ich hier wohne.«

»Nein!«, sagte ich schnell. »Dass du was mit der Sache zu tun hast, weiß ich erst seit gestern.«

Er sah nicht aus, als würde er mir glauben.

»Ich schwör's«, sagte ich.

Ich hätte mir gewünscht, die Sache wäre nicht so ernst gewesen, dann hätte ich alles mit einem kleinen Scherz abtun können. Aber das ging jetzt nicht mehr. Wir mussten offen miteinander reden, oder wir konnten es lassen.

»Magst du was trinken?«, fragte er, als wollte er ein guter Gastgeber sein und wüsste nur nicht recht, wie er es anstellen sollte. »Ich könnte …«

»Ich bin nicht die Einzige, die weiß, dass ihr hier seid«, unterbrach ich ihn.

»Wie nicht die Einzige?«

»Hast du mal von den Freunden des Waldes gehört?«

Six schüttelte den Kopf.

»Das ist eine Tierrechtsorganisation, und ein Mädchen, das bei ihnen mitmacht, hat euer Camp auch entdeckt. Sie wollen heute noch kommen und die Elche befreien. Danach zeigen sie euch dann an.«

Six blieb ganz ruhig.

»Sie sind nur drei oder vier, aber Isabella, ihre Anführerin, wenn man so will, ist eine von der taffen Sorte. Sie hat irgendwie so eine … innere Wut.«

Ich hatte kurz gezögert, weil ich mir nie wirklich überlegt hatte, was es war, was Isabella so antrieb. Mit der inneren Wut hatte ich es genau getroffen.

»Ich weiß nicht, was sie vorhat, aber ich glaube, wir sollten die Elche so schnell wie möglich von hier wegbringen.«

Ich schaute auf die Uhr. Es war kurz vor vier.

»Sie treffen sich in einer halben Stunde in meiner Hütte.«

Six verschränkte die Arme und fragte:

»Bist du auch bei dem Verein?«

»Nein! Und wegen der Hütte hat mich Isabella nicht mal gefragt. Sie macht einfach ihr Ding und findet, wer gegen Tierquälerei ist, muss auf ihrer Seite stehen. Aber so einfach ist das nicht. Klar bin ich auch gegen Tierquälerei, aber …«

»Ich bin kein Tierquäler«, fiel mir Six ins Wort.

Er sah mir jetzt fest in die Augen.

»Das weiß ich doch«, sagte ich und meinte es auch.

Wildstern wäre nie so zutraulich gewesen, wenn er ihr vorher wehgetan hätte.

Six seufzte.

»Mein Vater rastet aus, wenn wir die Elche freilassen. Das hier ist so ungefähr das Einzige, was er in seinem Leben hinkriegt: Tiere einfangen und sie verkaufen. Den Rest des Jahres lebt er von der Stütze.«

»Wenn wir nichts unternehmen, landet er vielleicht im Gefängnis. Wenn Isabella und ihre Leute keine Elche finden, können sie auch nicht beweisen, dass ihr welche eingefangen habt.«

Von Isabellas Video sagte ich nichts.

Six schaute stumm zu Boden.

»Er muss ja nicht mal wissen, dass *du* es warst«, sagte ich. »Wir lassen es so aussehen, als wären es die Tierschützer gewesen.«

Six nickte.

»Okay«, sagte er.

42

Wir nahmen eine Zange und rissen den ausgeschalteten Elektrozaun an einer versteckten Stelle von den Bäumen. Wenn Six' Vater und seine Kumpel unser Werk entdeckten, würden sie auf jemanden tippen, der es eilig gehabt hatte. Die beiden Elche machten allerdings keine Anstalten davonzulaufen. Sie standen nicht einmal weit von uns entfernt und fraßen seelenruhig aus einem Eimer. Hafer, wie Six mir erklärte.

Six war es dann auch, der sie in die Freiheit zu locken versuchte.

»Na, kommt schon, kooommt!«, rief er, aber die beiden ließen sich nicht stören.

Wir warteten, bis sie den Hafer aufgefressen hatten, aber auch danach schienen sie nicht an einer Flucht interessiert.

»Und wenn du's mit Klicken versuchst?«, fragte ich, und Six hob die Augenbrauen, als fragte er sich, ob es überhaupt was gab, was ich nicht wusste. Aber dann steckte er die Hand in die Hosentasche, und ich hörte, diesmal nur leicht gedämpft, das Klickgeräusch, das ich schon kannte.

Auch Thor hörte es und kam angetrottet. Aber Wildstern blieb stehen und beschnupperte den Eimer, als könnte sie nicht glauben, dass er so schnell leer geworden war. Wenn wir es nicht eilig gehabt hätten, wäre es lustig gewesen, aber beim Gedanken an Isabella packte mich regelrecht die Angst. Dabei machte ich mir um Six fast weniger Sorgen als darum, wie Isabella mit den Elchen umgehen würde. In ihrem Eifer, die Tiere zu retten, konnte sie ihnen auch schaden und sie in Panik versetzen.

»So klappt das nicht«, sagte Six und rieb sich den Nacken. »Von allein verschwinden die nicht, dazu geht's ihnen hier zu gut. Außerdem müssen wir sie so weit wegschaffen, dass sie für eine Weile nicht mehr zurückkommen.«

Das stimmte, und ich hatte da auch eine Idee.

»Ich glaub, ich weiß, wo wir sie hinbringen können«, sagte ich. »Aber wir müssen uns beeilen.«

Six rannte, ohne mir zu antworten, zur Lichtung und kam mit zwei Seilen zurück, wie ich sie schon kannte. Es waren die mit den Lederriemen für den Hals der Elche.

Ich dachte, wir bräuchten sie, um die Tiere wegzuführen, aber Six hatte andere Pläne.

»Am besten reiten wir. Bist du schon mal ohne Sattel geritten?«

»Ich bin überhaupt noch nie geritten«, sagte ich. »Tut mir leid, ich bin kein Pferdemädchen.«

»Du bist ein Elchmädchen, die sind die besten«, sagte Six und lächelte. »Außerdem ist Reiten nicht schwer.«

»Dann würde ich gern auf Wildstern reiten«, sagte ich.

»Sie hab ich leider nicht trainiert«, sagte Six. »Aber Thor schafft uns beide.«

»Und wie komm ich auf ihn drauf? Ich bin nämlich kein Zirkusreiter wie du.«

Six lachte.

»Das verlangt auch niemand, obwohl du bestimmt das Zeug dazu hättest.«

Es sollte bestimmt nur ein Kompliment sein, aber im Stillen nahm ich mir vor, das Reiten irgendwann doch noch zu lernen. Was Six konnte, konnte ich doch wohl auch!

»Hier, ich helf dir!«

Six hatte sich dicht vor mich gestellt, und ich sollte mit dem Fuß in seine verschränkten Hände steigen, damit er mich auf Thors Rücken heben konnte. Wir waren einander noch nie so nah gewesen, aber ich versuchte es, so gut es ging, zu ignorieren, sonst hätte ich mich auf nichts anderes konzentrieren können.

Es brauchte nur ein kleines bisschen Schwung, dann saß ich auf Thors Rücken – weit hinten, wie ich merkte und woraus ich schloss, dass Six sich vor mich setzen würde. Ich krallte mich mit beiden Händen in Thors Fell und fand es warm und nur ein bisschen rau. Dass ich es war, der plötzlich auf ihm saß, schien ihn nicht zu irritieren.

Six legte beiden Elchen die Lederriemen um und warf mir das Seil zu, an dem Wildstern gehen sollte.

»Gut festhalten!«, sagte er.

Er selbst hielt das andere Seil und näherte sich Thor von vorne. Dann machte er, wie auf der Wiese, einen Schritt zur Seite, und das Neue war nur, dass ich diesmal nicht überrascht war, wie leicht er sich auf den Rücken eines Elchs schwang.

Er saß vor mir, und ich musste die Arme um ihn legen, damit ich nicht herunterfiel. Er drehte sich zu mir um und stützte sich dabei mit der freien Hand auf mein linkes Bein.

»Nervös?«, fragte er.

»Ein bisschen«, sagte ich und schielte auf seine Hand. »Ist es okay, wenn ich mich an dir festhalte?«

Es war mir peinlich zu fragen, aber noch peinlicher wäre es mir gewesen, es nicht zu tun.

»Klar«, sagte Six. »Wir wollen ja nicht, dass du runterfällst.«

Es war eine ganz normale Antwort, und trotzdem durchströmte mich ein warmes Gefühl und wummerte mein Herz. Nur von der unverhofften Gelegenheit, auf einem Elch zu reiten, konnte das nicht kommen.

»Was willst du eigentlich deinem Vater sagen?«, fragte ich.

»Einfach, dass jemand die Elche freigelassen hat. Ich ruf ihn aber erst spät am Abend an, wenn wir weit genug weg sind.«

»Und wenn er früher zurückkommt und das mit den Elchen selber entdeckt? Meinst du, er findet es nicht verdächtig, wenn du dann auch verschwunden bist?«

Six nahm die Hand von meinem Bein und hob die Schultern.

»Er weiß sowieso nie, was ich mache.«

Wir schauten noch mal zur Lichtung, dann drehte er sich wieder zu mir um.

»Gib mir auch das andere Seil! – Und dann sag, wo's hingeht!«

»Da lang!«, sagte ich und zeigte mit ausgestrecktem Arm in Richtung Norden.

Es war nicht gerade ein Katzensprung bis zu meinen Tanten, aber eigentlich mussten wir es vorm Dunkelwerden schaffen. Ich hoffte natürlich, dass sie zu Hause waren, weil es die Sache einfacher machen würde.

Six dirigierte Thor nur sachte in die angegebene Richtung und überließ es ihm selbst, sich einen Weg zwischen den Bäumen zu suchen. Wildstern ging brav hinter uns her und folgte uns so dicht, dass sie Thor gelegentlich schubste, worauf er sich irgendwann mit einem Schwenk des Hinterteils beschwerte. Six brauchte Wildstern aber nur mehr Leine zu lassen, und beide waren zufrieden.

Mir selbst war fast schwindlig vor Glück. Das hier war das Beste, was mir in meinem ganzen Leben passiert war, und ich wollte, dass es nie aufhörte.

43

Vom Rücken eines Elchs schaute man anders auf die Welt und den Wald als aus der normalen Menschenperspektive, und das nicht nur, weil man ein ganzes Stück weiter sehen konnte. Ich sah auch vieles zum ersten Mal, denn manche Tiere schienen viel weniger scheu zu sein als sonst. Einmal flitzte ein Wiesel vor uns durchs Moos, und auf einem Ast, vor dem wir uns bücken mussten, zwitscherten Laubsänger und ließen sich von uns überhaupt nicht stören. In der Abendsonne hatte mir der Wald schon immer gefallen, aber von Thors Rücken aus war er einmalig schön.

Ich hatte einen Kloß im Hals und war so dusselig vor Glück, dass ich im Ernst überlegte, ob es noch toller und schöner wäre, wenn ich statt auf Thor auf Wildstern reiten würde. Die Antwort fiel mir schwer, weil ich dann wohl kaum hinter Six gesessen hätte.

In jedem Fall beschloss ich, Amanda alles zu erzählen. Ich sah schon ihre riesengroßen Augen, wenn sie hörte, dass ich gewissermaßen Anton af Darelli in echt getroffen hatte. Den Jungen, mit dem ich gerade ein unglaubliches Abenteuer erlebte. Ich! Mit Six!

Ob Isabella das Bild von Anton af Darelli an der Hüttenwand gesehen hatte? Wenn ja, konnte es ihr nicht gefallen haben. Auf einem Elch zu reiten hielt sie garantiert für Tierquälerei, und wenn sie uns gesehen hätte, wäre sie vermutlich ausgerastet. Für mich war es keine Tierquälerei, niemals. Wenn Thor uns nicht auf seinem Rücken hätte haben wollen, wäre es für ihn ein Kinderspiel gewesen, uns abzuwerfen und davonzulaufen.

Thor machte lange Schritte und hatte den für Elche typischen Schaukelgang, aber ich fühlte mich auf seinem Rücken vollkommen sicher. Selbst wenn er den Kopf zurückwarf, weil ihn irgendetwas störte, verlor ich dieses Gefühl der Sicherheit nicht.

Es ging lange nur flach dahin, dann kamen wir zu einem Hügel, auf dem Mama und ich schon Preiselbeeren gepflückt hatten. Als Thor erstaunlich geschickt hinaufgestiegen war, ließ Six ihn anhalten.

»Schau mal!«

Six lehnte sich zur Seite, damit ich besser sehen konnte.

Der Blick über den leuchtend herbstfarbenen Wald ging weit nach Norden. Ich sah einen kleineren schwarzen See zwischen den Bäumen glänzen und hörte eine Hohltaube gurren, die ganz in der Nähe in einem Baum sitzen musste. Zusammen mit jemandem wie Six auf einem Elch zu sitzen und weit in die Ferne zu schauen – das hätte in einem Märchen passieren können, aber es passierte *mir* und verschlug mir den Atem.

Wir brauchten uns jetzt nicht mehr zu beeilen, also konnte ich den Moment genießen. Isabella musste längst beim Camp angekommen sein, aber selbst wenn sie ahnte, wer hinter dem Verschwinden der Elche steckte, wusste sie im Grunde nichts. Und selbst wenn sie sich in ihrer Wut auf die Suche nach den Tieren machte, die große Fährtenleserin war sie erwiesenermaßen auch nicht.

Fast hätte ich mir gewünscht, die ratlosen Befreier der Elche vor der Lücke im Zaun oder dem verlassenen Camp stehen zu sehen, aber der hässliche Gedanke war schnell verflogen.

*

Wir ritten weiter und erreichten nach einem längeren Waldstück ein offenbar schon länger brachliegendes Feld.

»Halt dich fest!«, sagte Six und schnalzte mit der Zunge.

Thor jagte los, und obwohl ich die Arme fester um Six schlang, verlor ich das Gleichgewicht und kippte nach einer Seite.

»Hilfe, ich falle!«

»Drück die Beine gegen Thors Körper, sonst fallen wir beide!«, rief Six über die Schulter.

Ich machte, was er sagte, und während ich mich vorsichtig wieder aufrichtete, hörte ich Wildstern hinter uns prusten. Es klang, als fände sie etwas komisch.

Als Thor am Ende des Feldes wieder im Schritt ging,

hörte ich mein Herz schlagen. Aber vor allem lachte ich. Six hatte damit angefangen, und ich lachte mit.

»Wow!«, sagte ich schließlich.

»Finde ich auch«, sagte Six. »Als ich klein war, wollte ich immer zum Zirkus, nur damit ich auf Pferden und Elchen reiten darf.«

»Und jetzt?«

»Nicht mehr. Vielen Tieren geht's im Zirkus nicht gut, und vielleicht gehören sie da überhaupt nicht hin.« Er machte eine kurze Pause. »Als du so hartnäckig gefragt hast, hab ich mir ehrlich überlegt, ob ich die Sache mit den zwei Elchen hier nicht hätte umbiegen können, den Tierpark anrufen oder so.«

»Ich weiß«, sagte ich, obwohl es nicht stimmte.

Six fing wieder an zu lachen.

»Na klar«, sagte er und tätschelte mein Bein.

Es war merkwürdig, aber ausgerechnet da traf mich blitzartig der Gedanke, dass er ja bald nicht mehr hier sein würde. Six, mit dem es mir so unsagbar gut ging, würde jetzt, wo das Geschäft mit den Elchen geplatzt war, wieder seiner Wege gehen. Ich hatte mitlachen wollen, aber ich schaffte nicht mal ein Lächeln. Und obwohl er es nicht sehen konnte, schien er es zu spüren.

»Was ist?«, fragte er.

Ich seufzte.

»Es wird so langweilig ohne Wildstern. Und ohne dich.«

Das »Und ohne dich« flüsterte ich mehr, als dass ich es

sagte, aber er hörte es trotzdem. Er griff nach meiner Hand und drückte sie.

»Ich weiß«, sagte er.

*

An dem See, den ich vom Hügel aus gesehen hatte, überholte uns Wildstern. Sie hatte offenbar Durst und wollte trinken. Six gab ihr Seil frei und ließ Thor anhalten. Dann schwang er ein Bein über Thors Hals, glitt ein Stück an dessen Vorderflanke entlang und landete mit einem Hüpfer auf der Erde. Ich versuchte es ihm nachzumachen, hatte aber nach dem ungewohnten Ritt so steife Beine, dass ich bei der Landung fast umfiel und Six mich festhalten musste.

Wir hatten inzwischen eine so lange Strecke zurückgelegt, dass ich nur noch ungefähr wusste, wo wir waren. Ich holte mir die Karte aufs Handy, um zu sehen, auf welchem Weg wir am schnellsten um den See herumkamen. Ich hatte nichts gehört, aber da waren ein paar SMS. Eine von Mama:

Wir kommen spät. Es gibt Pizza in der Kühltruhe! Was machst du?

Und zwei von Isabella, wobei ich erst rätselte, woher sie wohl meine Nummer hatte.

Bin da. Kommst du jetzt oder nicht?

Offensichtlich war das andere Mitglied – oder waren die zwei anderen, je nachdem – genauso treulos wie ich, denn außer von ihr selbst war ja von niemandem die Rede. Sie konnte einem schon leidtun. Die zweite, etwas spätere Nachricht lautete:

> Dann nicht. Aber du kommst zum nächsten Treffen! Falls du dich wunderst: Ich hab deine Nummer aus der Bücherei.

Des Rätsels Lösung. Aber ich musste schmunzeln. Wenn ich je Hilfe bei etwas Ungesetzlichem brauchte, wusste ich, an wen ich mich wenden konnte.

Mama schrieb ich, dass ich im Wald sei, was ja stimmte. Isabella schickte ich nur ein »Okay«.

»Wie lange brauchen wir noch?«, fragte Six, der bei den Elchen am Wasser stand.

Ich holte mir wieder die Karte und sah, dass wir langsamer vorangekommen waren, als ich gehofft hatte. Wir hatten sieben Kilometer zurückgelegt und noch neun vor uns.

»Im selben Tempo vielleicht zwei Stunden.«

»Ich hab nur seit heute Morgen nichts gegessen«, sagte Six.

Aber ich hatte ja das Popcorn und die Äpfel im Rucksack.

»Ich hab was dabei«, sagte ich.

»Ehrlich? Hab ich dir schon gesagt, dass du mein Lieblingsmensch bist?«

Ich beugte mich tief über den Rucksack, damit er nicht sah, wie breit ich lächelte.

44

Als sie genug getrunken hatten, rupften die Elche noch Heidekraut, das ein Stück entfernt zwischen den Bäumen wuchs. Six und ich hatten die Äpfel gegessen, und ich kramte die Plastiktüte mit dem Popcorn heraus. Sofort hob Wildstern den Kopf und kam angetrottet. Als sie mir aus der Hand fraß, musste Six lachen.

»Ich wäre *nie* auf die Idee gekommen, dass Elche Popcorn mögen. Wir haben sie immer nur mit Bananen angelockt.«

»Was natürlich logischer ist«, sagte ich.

»Nein. Es funktioniert nur auch.«

»Ich weiß«, sagte ich. Und als er stutzte: »Schon mal was von YouTube gehört?«

Danach erzählte ich ihm, wie ich das mit dem Popcorn rausgekriegt und seitdem ständig Popcorn für Wildstern und Gun-Maj gemacht hatte. Er fragte nach Gun-Maj, die ich noch nicht erwähnt hatte, und wollte wissen, wie ich auf ihren Namen gekommen war.

»Sie ist immer mit Wildstern zusammen aufgetaucht und hat mich in ihrer hibbeligen Art ein bisschen an eine Frau in der Wäscherei meiner Eltern erinnert«, erklärte ich ihm. »Sie war viel scheuer als Wildstern und hat sich von ihr alles gefallen lassen, auch dass sie das ganze Popcorn für sich allein haben wollte. Die arme Gun-Maj hat keinen Krümel davon abbekommen. Wenn sie sich welches nehmen wollte, hat Wildstern sie weggedrängt. Dabei war jede Menge davon da.«

Während ich erzählte, hielt ich Wildstern wieder eine Handvoll Popcorn hin, und sie vertilgte es mit einem Happs.

»Wie lange macht dein Vater das mit den Elchen schon?«, fragte ich.

»Lange. Solange ich denken kann. Aber bisher hat er sie immer an Tierparks verkauft. Das mit dem Zirkus ist neu.«

Bis vor Kurzem hatte ich nie darüber nachgedacht, wo die Tierparks ihre Elche eigentlich herbekamen, wenn sie nicht selber welche züchteten. Jetzt wusste ich es.

»Es ist jedes Jahr dasselbe«, fuhr Six fort. »Am Ende des Sommers fahren wir irgendwohin in den Wald und schlagen für ein paar Wochen ein Camp auf. Papa und seine Kumpel fangen Elche, und wir gewöhnen sie an die Nähe von Menschen, bis sie ohne Probleme transportiert und verkauft werden können. Danach versaufen die drei Idioten das Geld, und wenn irgendwann nichts mehr da ist, machen sie Sachen, von denen ich lieber nichts wissen will, um das halbe oder manchmal Dreivierteljahr bis zur nächsten Elchtour zu überbrücken. Mit der fängt wieder alles von vorne an.«

Was Six da erzählte, war nicht gut und tat weh. Meine

Eltern waren zwar nicht so reich wie die von Lusse und Viktoria, aber sie hatten ein Geschäft, und obwohl sie viel arbeiteten, waren sie sogar ein bisschen lustig. Wir hatten es gut, was man von Six nicht behaupten konnte.

Er saß eine ganze Weile nur schweigend da, und ich schwieg auch, weil ich nicht wusste, was man Kindern von saufenden Elchfängern sagen konnte, damit sie sich besser fühlten.

Als Wildstern mich schubste, weil ihr das Füttern zu langsam ging, leerte ich alles, was noch von dem Popcorn übrig war, vor ihr auf die Erde und sah ihr beim Fressen zu. Es dauerte nicht lange, und es war nicht das kleinste Fitzelchen übrig. Danach war es Zeit aufzubrechen. Six half mir wieder auf Thors Rücken, aber diesmal setzte er sich hinter mich.

»So kannst du besser sehen«, sagte er und reichte mir eins der beiden Seile, die er beim Aufsitzen noch in der Hand behalten hatte.

»Und wie geb ich ihm die Kommandos?«, fragte ich.

»Er kann Gedanken lesen – probier's einfach aus!«, sagte Six.

Also probierte ich es. *Lauf!*, dachte ich. Aber nichts passierte. Ich dachte noch mal dasselbe, nur lehnte ich mich dabei nach vorn. Und jetzt ging Thor los. Sogar mit großen Schritten! Und Wildstern kam von hinten an und ging neben uns, als wollte sie zeigen, dass sie mir auch gehorchte. Oder sie hoffte bloß, dass ich noch irgendwo Popcorn versteckt hatte.

Six legte die Arme um mich, und es war wieder wie zuvor, nur mit vertauschten Rollen.

»Ich bin neidisch auf deine Hütte«, sagte Six, als wir schon eine ganze Weile schweigend dahingeritten waren. »So eine wollte ich schon immer.«

»Sie ist gemütlich«, sagte ich. »Früher haben Sandra und ich fast den ganzen Sommer dort verbracht. Aber damit ist jetzt wahrscheinlich Schluss.«

»Schwer zu verstehen, dass sie dich nicht mehr als Freundin haben will«, sagte Six.

In meinen Adern prickelte es wie von Kohlensäure.

»Sie findet mich langweilig«, sagte ich.

»Weil sie keine Ahnung hat. Ich hab noch niemanden getroffen, dessen Vater Wäsche mit den Füßen wäscht.«

»Womit, genau genommen, mein Papa interessant wäre und nicht ich.«

»Sagt man in der Wäschereibranche, etwas ist Jacke wie Hose?«, fragte Six lachend.

Danach wurde es einen Augenblick still, und als er weiterredete, klang er wieder ernst.

»Da ist übrigens noch was, was ich dir gestehen muss. Als ich mal schrecklich hungrig war, hab ich mir was aus der Hütte genommen. Wenn ich gewusst hätte, dass es dir gehört, hätte ich natürlich gefragt.«

Komischerweise wurde ich kein bisschen sauer. Bei Isabella war ich es geworden, bei Six keine Spur davon. Im Gegenteil: Jetzt, wo ich wusste, wie das mit seinem Vater und dem Geld war, tat es mir leid, dass er in der Hütte kaum etwas Nahrhafteres als Kekse und Instant-Brei hatte finden können.

»Kein Thema«, sagte ich. »Dass ich mit dir auf einem Elch reiten darf, macht den Verlust mehr als wett.«

Ich spürte, wie er in meine Haare lachte.

45

Als wir noch wenige Hundert Meter vom Hof entfernt waren, begannen die Hunde zu bellen. Daran, dass die ein Problem werden könnten, hatte ich dummerweise nicht gedacht. Beide Elche blieben stehen. Wildstern prustete, und Thor warf den Kopf zurück.

»Solange die Hunde bellen, gehen die keinen Schritt weiter«, sagte Six.

»Dann musst du hier mit ihnen warten!«, sagte ich und versuchte, so abzusitzen, wie ich es bei ihm gesehen hatte. Es sah bestimmt nicht halb so elegant aus, aber es klappte.

Ich machte mich steifbeinig auf den Weg und war mir sicher, dass er sich bei jedem meiner Schritte das Grinsen verkneifen musste. Es dauerte aber nicht lange, dann fand ich meinen Gang selbst wieder ganz normal.

*

Paulas Gesichtsausdruck schwankte zwischen Überraschung und Sorge, als sie mich vor der Tür stehen sah.

»Wo kommst *du* denn her? Ist was passiert?«, fragte sie

und zupfte mir einen kleinen bemoosten Zweig aus den Haaren.

»Wir brauchen Hilfe. Six und ich sind mit Wildstern und noch einem Elch unterwegs, Thor heißt der, auf dem sind wir geritten, können wir die zwei im Schafstall unterbringen, nur für eine Nacht? Und kannst du die Hunde beruhigen, damit sie die Elche nicht erschrecken?«

Es war alles nur so aus mir herausgesprudelt, und Paula brauchte einen Moment, bis sie alles sortiert hatte. Dann wurden ihre Augen schmaler.

»Du machst jetzt keine Witze, oder?«, fragte sie.

Ich schüttelte den Kopf, und sie lachte begeistert. Das war mal eine Geschichte genau nach ihrem Geschmack: ein bisschen verrückt und komisch wie das Leben, das sie führte. Oder wie das schrumpelige Obst und die schrägen Anziehsachen, die sie so mochte.

»Wie ihr auf dem Elch reitet, will ich sehen!«, rief sie begeistert. »Warte hier vorne, ich lass die Hunde hinten ins Haus!«

Ich setzte mich in den Flursessel und hörte das Gewusel und Gewinsel, als Paula die Hundemeute zur Hintertür hereinführte. Paula redete mit ruhiger Stimme auf die Tiere ein, und aus dem gleichzeitig einsetzenden Geklapper schloss ich, dass sie reichlich Futternäpfe in der Küche verteilte. Dann kam sie zurück.

»Ulla stirbt vor Neid, wenn sie hört, was sie verpasst hat. Sie ist gerade mit Freunden zu einer Wanderung aufgebrochen.«

Paula strahlte übers ganze Gesicht. Die Entscheidung, mit den Elchen hierherzukommen, war genau richtig gewesen.

*

»Hallo, Six!«, rief Paula und winkte, als wären sie alte Bekannte.

Six, der noch auf Thors Rücken saß, winkte zurück und schaute mich fragend an.

»Ich bin Johannas Lieblingstante Paula«, sagte Paula und lächelte.

»Ein bisschen spät, aber herzlichen Glückwunsch zum Geburtstag!«, sagte Six.

Paula drückte sich mit einem Schmachtblick die Hand aufs Herz.

»Oh, danke!«

»Dusel gehabt«, sagte ich zu Six. »Genauso gut hätte die andere Tante Geburtstag haben können.«

Ich übernahm Wildstern, und sie stupste mich leicht mit dem Maul.

»Darf ich vorstellen: Wildstern«, sagte ich zu Paula. »Sag selbst, ob du schon mal so was Schönes gesehen hast.«

»Pst!«, machte Six. »Nachher ist Thor noch beleidigt.«

Er tätschelte Thor den Hals, und Paula streckte die Hand aus, damit Wildstern daran schnuppern konnte.

»Was sind das für Hunde, die Sie haben?«, fragte Six.

»Möpse«, sagte Paula, die es liebte, wenn Leute sich für

ihre Hunde interessierten. »Im Augenblick sind es sieben, und es sind wirklich die nettesten Tiere der Welt.«

»Der arme Thor muss sich langsam wirklich zweitklassig vorkommen«, sagte Six, und Paula und ich lachten.

Six stieg ab, und wir gingen zum Schafstall, ich mit Wildstern voran und die anderen hinter uns her. Aber auf halbem Wege stürmte Paula an mir vorbei.

»Ich mach schon mal die Stalltür auf«, sagte sie. »Nicht dass es eure Elche von dem Geknarre mit der Angst bekommen!«

»Sie ist nett«, flüsterte Six mir zu.

»Gut, dass sie dir gefällt«, flüsterte ich zurück. »Ich glaub nämlich nicht, dass sie uns so schnell wieder weglässt.«

Eine Auffangstation für Elche aufzumachen passte so gut zu ihr, dass ich mir sicher war, sie würde es sich zumindest überlegen. Und die Chance, sich um zwei ausgerissene Teenager zu kümmern, ließ sie sich bestimmt auch nicht entgehen.

46

Als die Elche sicher im Schafstall untergebracht waren, brachte Paula ihnen zwei Eimer Wasser, dann wollte sie schnell zum Nachbarn fahren, frisches Heu besorgen. Ich hielt es nicht für nötig, aber sie bestand darauf, und ich versuchte nicht, es ihr auszureden.

Während Six und ich auf sie warteten, knurrten unsere Mägen um die Wette.

»So, und jetzt zu euch!«, sagte Paula, als wir das Heu in den Stall gebracht hatten.

Keine halbe Stunde später saßen wir am Esstisch bei Brot und Käse und aufgewärmter Suppe. Paula brachte noch Saft, dann verschwand sie, und wir hörten sie im Haus herumgeistern und dies und das erledigen: die Hunde wieder nach draußen bringen, Schränke und Schubladen öffnen und schließen und am Ende die Treppe zum Dachgeschoss hinaufsteigen, um die Gästebetten zu richten. Erst dann kam sie mit einem Glas Wein zurück und setzte sich zu uns.

»So, erzählt!«, sagte sie, und wir legten los.

Sie kannte ja schon den Anfang der Geschichte, also konnte ich ihr gleich von Six' Rolle bei der Sache mit den

Elchen erzählen und von Isabellas Plan, der uns keine andere Wahl gelassen hatte, als mit den Tieren zu fliehen. Six erklärte Paula genauer, was für Geschäfte sein Vater mit den gefangenen Elchen machte, dann war ich wieder dran und erzählte begeistert von unserem Ritt durch die Wälder und davon, wie toll sich Thor und Wildstern die ganze Zeit benommen hatten.

»Jetzt wissen wir nur nicht, was wir mit ihnen machen sollen«, sagte ich. »Wenn wir sie freilassen, laufen sie vielleicht zurück, weil sie denken, dass sie dort wieder Futter bekommen. Überhaupt trauen sie den Menschen, und ausgerechnet jetzt fängt ja die Jagdsaison an.«

Paula kaute beim Denken gern an einem Fingernagel. Auch jetzt machte sie das, aber dann blitzte es plötzlich in ihren Augen.

»Ich hab eine Idee!«, rief sie, aber bevor sie davon erzählen konnte, meldete sich mein Handy.

Mama rief an.

*

Meine Eltern nahmen die Nachricht, dass ich bei Paula war, gelassen auf. Ich verriet ihnen allerdings auch nicht, was dahintersteckte.

»Ulla ist wandern, und Paula hat sich ein bisschen einsam gefühlt«, erzählte ich stattdessen, und Paula hob den Daumen, um zu zeigen, dass sie mit der Geschichte einverstanden war.

Mama wurde zum Glück nicht misstrauisch.

»Ich komm morgen wieder nach Hause. Sandra gibt eine Party«, sagte ich und war froh, dass ich nicht sehen musste, wie Mama sich darüber freute, dass ihre Tochter endlich am ganz normalen Teenagerleben teilnahm.

»Wie schön! Sollen wir dich nach dem Frühstück abholen?«

»Nein, Paula fährt mich«, sagte ich schnell, und sie nickte.

Mama und Papa sollten lieber nicht wissen, dass Paula schon über Six Bescheid wusste, bevor sie wussten, dass es ihn überhaupt gab. Einfacher gesagt, ich wollte meine Eltern nicht kränken.

Als ich das Handy wegsteckte, wollte Six seinen Vater anrufen und ging dazu aus dem Zimmer.

»Er ist süß!«, flüsterte mir Paula, kaum dass er aus der Tür war, zu. »Ich muss mich zusammenreißen, sonst kneif ich ihn noch in die Wange!«

»Bitte nicht!«, sagte ich.

»Mhm«, machte sie, als müsste sie es sich überlegen, aber ich wusste, dass sie mich nur auf den Arm nahm.

47

Johanna hat dir wahrscheinlich erzählt, dass ich Journalistin bin«, sagte Paula zu Six.

Er nickte. Hatte ich das? Egal. Hauptsache, sie verriet uns ihre Idee.

»Jedes Jahr um die Zeit berichtet die Lokalzeitung über die bevorstehende Jagdsaison, meistens auf einer ganzen Doppelseite mit Interviews und Bildern und allem. Einer von denen, die dafür verantwortlich sind, ist mein alter Studienfreund Mikko. Ich glaube, den könnte ich überreden, was über Thor und Wildstern zu schreiben.«

Paula nippte an ihrem Wein.

»Ich werde ihm die *unglaubliche* Geschichte erzählen, wie heute Abend zwei überaus liebenswerte Elche auf meinen Hof spaziert sind, als wäre es das Selbstverständlichste der Welt, dass ich sie füttere. Ich hätte sie vom Fleck weg adoptiert, werde ich sagen, und dass der Fotograf der Zeitung herzlich eingeladen ist, herzukommen und Bilder zu knipsen, wie ich die herzigen Tiere streichle und umarme – das alles natürlich nur, wenn ihr denkt, dass sie es sich von mir gefallen lassen.«

»Und wie soll das den beiden helfen?«, fragte ich. »Ich

meine, klar haben sie's bei dir besser als im Zirkus, aber eingesperrt wären sie hier ja auch.«

Ich klang nörgeliger, als ich wollte, aber Paula schien es mir nicht übel zu nehmen. Sie nahm mir eigentlich nie etwas übel, das war das Gute an ihr.

»Der Artikel in der Zeitung ist nur der Anfang«, sagte sie. »Die Leute lieben Geschichten von unwahrscheinlichen Freundschaften zwischen Tieren und Menschen. Die rühren an ihr Herz, und wenn die Tiere auch noch Namen haben, wird es niemand wagen, auf sie Jagd zu machen. Ich erzähle, dass ich die Elche Thor und Wildstern getauft habe, und kein Jäger wird mehr auf sie schießen.«

»Und wie sollen die Jäger sie erkennen? Für die sehen sie doch wie ganz gewöhnliche Elche aus«, sagte Six, der auch seine Zweifel an dem Plan zu haben schien.

»Wildstern hat die besonderen Flecken am Hals, und für Thor lassen wir uns was einfallen«, antwortete Tante Paula, als wäre alles ganz einfach.

Und vielleicht hatte sie ja recht.

Six nickte zögerlich. Es war immerhin das Beste, was uns bisher eingefallen war.

*

Paula hatte sogar neue Zahnbürsten für uns.

»Was hat dein Vater eigentlich gesagt?«, fragte ich, während ich Zahnpasta auf meine Bürste drückte.

Auf der Tube stand »Naturprodukt«, und was vorne rauskam, sah mehr nach Haferbrei aus.

»Ich hab ihm nichts von den Tierschützern erzählt, nur dass jemand den Zaun weggerissen hat und ich die Elche suche, sie aber noch nicht gefunden habe. Er war so betrunken, dass ich nicht weiß, ob er alles kapiert hat, aber dass ich an allem schuld bin, ist schon mal klar. Nur wegen meiner Blödheit verliert er jetzt einen Haufen Geld, und ich bin echt das Letzte und so weiter – was er in dem Zustand halt so rauslässt. Ich hab meiner Mutter gleich eine SMS geschrieben, dass ich nur noch morgen auf die Party will und dann den Nachtbus nehme. Sie ist seit gestern aus Norwegen zurück.«

»Denkt er, dass du heute Nacht zum Camp kommst?«, fragte ich zwischen dem Zähneputzen.

»Nein«, sagte Six. »Es ist auch nichts Besonderes, wenn ich nicht da bin. Manchmal schlaf ich ja im Wald.«

»Aber du schläfst schon auch gern im Bett?«, fragte Paula, die genau da den Kopf ins Badezimmer streckte.

»In so einem gastfreundlichen Haus immer«, sagte Six und nahm endlich die Zahnpasta, die ich ihm schon die ganze Zeit hinhielt.

Kurz darauf schaute er auf das graubraune Würstchen, dass er sich auf die Bürste gedrückt hatte, und flüsterte: »Was ist *das* denn?«

»Zahnpasta oder Gift, das weiß man in dem Haus nie«, flüsterte ich zurück.

»Ich nehm sie trotzdem. Wenn wir zusammen sterben,

ist es wenigstens wie bei Romeo und Julia – oder jedenfalls so ungefähr.«

Als ich darauf antworten wollte, landeten zwei große Kleckse Zahnputzschaum auf meinem T-Shirt, und als ich sie weggewischt hatte, hielt ich den Mund.

Six verdrehte die Augen und grinste.

»Wie war das noch mal mit dem schmuddelig?«

Ich schlief – wie immer, wenn ich dort übernachtete – in Mamas altem Zimmer, und Six bekam die kleine Gästekammer. Ich muss im selben Moment eingeschlafen sein, als ich den Kopf aufs Kissen legte, denn als ich das nächste Mal die Augen aufmachte, war es Morgen.

48

Die Sonne schien, und das Gras knirschte frostig unter den Schuhen, als wir zum Schafstall gingen, um nach den Elchen zu sehen. Es war endgültig Herbst.

Wildstern kam und stupste mich weich mit dem Maul. Thor erhob sich eben erst von seinem Schlafplatz.

»Sie scheinen sich wohlzufühlen«, sagte Six, und das schien mir auch so.

Während des Frühstücks hatte Paula uns erzählt, was ihr vorm Einschlafen noch eingefallen war: Sie wollte nicht weit vom Hof eine Futterstelle für Elche einrichten, vielleicht blieben Thor und Wildstern dann in der Nähe.

»Das könnte klappen«, hatte Six gesagt. »Wenn man sie fangen will, legt man auch für eine Weile immer an derselben Stelle Futter aus. Elche sind zwar Wandertiere, aber gute Futterstellen merken sie sich.«

Ich wünschte mir sehr, dass es klappte und Thor und Wildstern nicht gleich wieder aus meinem Leben verschwanden.

Paula hatte noch vor dem Frühstück ihren Freund Mikko angerufen, und um elf kam ein schwarzes Auto auf den Hof gefahren. Mikko war ein groß gewachsener blonder Mann mit fast unwirklich weißen Zähnen. Mit ihm kam eine Fotografin, eine junge Frau mit langen hellbraunen Haaren und runder Brille. Sie schleppte eine große Kameratasche.

»Hallo, Mikko!«, rief Paula aus der Tür.

Sie trug einen abgeschabten Lodenmantel und hatte sich ein gebatiktes Tuch um die Haare gewickelt. Mikko schien sich zu freuen, sie zu sehen. Die beiden küssten sich auf die Wangen, und die Fotografin zwinkerte mir lächelnd zu. Ich mochte sie auf der Stelle.

»Mila«, sagte sie und gab mir und Six die Hand.

»Johanna.«

»Six.«

»Dürfen wir gleich mal die Elche sehen?«, fragte Mikko.

Paula öffnete die knarrende Tür, und Wildstern und Thor kamen sofort an und streckten die Köpfe in die Morgensonne.

»Thor und Wildstern«, stellte ich die beiden vor.

»Das Licht wäre gerade perfekt«, sagte Mila. »Am besten, wir fangen mit den Fotos an, und ihr redet nachher.«

»Ich will bitte nicht auf die Bilder«, sagte Six, was Mila zu wundern schien, weil es wohl selten vorkam.

»Geht in Ordnung«, sagte Mikko. »Paula hat erzählt, einer der Elche lässt sogar jemanden auf sich reiten. Können wir das machen?«

Er schaute mich dabei an, und ich nickte.

»Dann sitzt du auf dem einen Elch, und Paula stellt sich mit dem anderen daneben.«

Six half mir aufsitzen, und schon als ich das Bein über Thors Rücken schwang, merkte ich, dass mir der Ritt von gestern noch in den Knochen steckte. Besser gesagt, in jedem einzelnen Muskel. Trotzdem genoss ich da oben jede Sekunde.

Mila montierte eine große Kamera auf ein Stativ und schaute durch den Sucher.

»Schön wär's, wenn Wildstern den Kopf gegen Ihre Schulter lehnen würde«, sagte sie zu Paula. »Kriegen wir das hin?«

»Ich denke schon«, antwortete Paula. »Vielleicht mit einem Apfel – ich geh schnell einen holen.«

Sie tätschelte Wildstern den Hals, dann stiefelte sie am Hundezwinger vorbei in Richtung Obstgarten. Erst jetzt fiel mir auf, wie still die Hunde waren. Anscheinend hatten sie sich schon an die Anwesenheit der Elche gewöhnt.

»Hättest du ihr nicht sagen sollen, dass es mit Popcorn besser klappt?«, fragte Six im Flüsterton.

»Nein, das bleibt was zwischen Wildstern und mir«, flüsterte ich zurück.

Paula brachte zwei Hände voll Äpfel, aber sie schmeckten vor allem Thor, der auch schön den Kopf gegen Paulas Schulter lehnte. Dafür stellte sich Wildstern so nah neben ihn, dass ich sie von seinem Rücken aus hinter den Ohren kraulen konnte.

»Herrlich«, sagte Mila.

»Dann lasst uns reingehen!«, sagte Paula.

49

Ich staunte, wie gut Paula flunkern konnte. Ohne mit der Wimper zu zucken, erzählte sie das Märchen von den zwei Elchen, die offenbar beschlossen hätten, sie für einen besonders vertrauenswürdigen Menschen zu halten, und von denen sie nun hoffe, dass sie auch in Zukunft immer mal bei ihr vorbeischauten.

»Hast du keine Angst, noch mehr und andere Tiere anzulocken?«, fragte Mikko, als sie die geplante Futterstelle erwähnte.

»Hier sind *alle* willkommen«, sagte Paula mit einem verschwörerischen Grinsen.

Täuschte ich mich, oder knisterte es zwischen den beiden?

In jedem Fall leuchteten Mikkos Augen, wenn er Paula ansah. Er versprach, dass sie den Artikel lesen durfte, bevor er in die Zeitung kam, dann verabschiedeten er und Mila sich, und sie fuhren vom Hof.

»So, und jetzt noch was«, sagte Paula. »Nämlich: Wir holen den Tierarzt und lassen Thor und Wildstern so am Ohr markieren, dass kein Jäger sagen kann, er hätte es nicht gesehen. Dann warten wir den Artikel in der Zeitung ab, und wenn ihn alle gelesen haben, scheuch ich die zwei Hübschen vom Hof.«

Paula dachte einfach an alles.

»Seid ihr startbereit?«, fragte sie Six und mich. »Ich hab heute Nachmittag Redaktionssitzung und muss rechtzeitig zurück sein.«

Ich ging nach oben, um meinen Rucksack zu holen, und als ich nach unten kam, war Six verschwunden.

»Er will sich von den Elchen verabschieden«, sagte Paula. »Er meint, du wirst sie ja vielleicht wiedersehen, aber er wahrscheinlich nicht. Geh nur auch, ich warte so lange im Auto!«

Sie strich mir über die Haare, und ich ging nach draußen. Als ich zum Schafstall kam, standen Six und Wildstern genauso da wie gestern, als ich sie zum ersten Mal zusammen gesehen hatte: er vor Wildstern und sie mit dem Kopf in seiner Achselhöhle.

»Wenn sie wieder auftauchen, kann ich dir Fotos von ihnen schicken«, sagte ich.

»Ja, das wäre nett«, sagte er.

Es klang so traurig, dass ich es kaum aushalten konnte.

Six blieb noch eine Weile vor Wildstern stehen, dann ging er zu Thor und legte ihm die Arme um den Hals. Thor prustete, blieb aber sonst ruhig und ließ es sich gefallen.

»Tschüs, Alter!«, sagte Six.

*

Six bat darum, dass wir ihn in der Stadt absetzten. Ich dachte erst, er wolle meinen Eltern nicht begegnen, aber dann erklärte er mir, dass er noch seine Sachen aus dem Camp holen müsse.

»Hast du keine Angst, deinen Vater zu treffen? Ich meine, wo er so sauer auf dich ist.«

»Eigentlich nicht. Er regt sich auch schnell wieder ab, und so kurz vorm Abschied wird er sowieso immer sentimental.«

»Sollen wir uns vor der Party in der Hütte treffen?«, fragte ich. »Ich bring was zum Abendessen mit.«

Six lachte mich an.

»Klingt super«, sagte er. »Dann komm ich direkt vom Camp dorthin. – Und danke fürs Mitnehmen!«

50

Six hatte sich umgezogen und trug ein T-Shirt unter der Jacke. Ich hatte mich für einen langärmligen grünen Pullover entschieden. Bei den Haaren hatte ich zwischen Pferdeschwanz und offen geschwankt und mich dann für offen und leicht mit den Fingern verstrubbelt entschieden.

Mir gefiel es, dass wir beide ein bisschen nach Wald aussahen. Die meisten anderen auf der Party würden eher wie Discokugeln glitzern.

Während wir belegte Brote aßen, erzählte ich Six, wer voraussichtlich alles da sein würde. Ich kam auf fast ein Dutzend Namen, aber die Einzigen, auf die ich mich ehrlich freute, seien Amanda und Sebastian, sagte ich.

»Sie sind Cousine und Cousin und echt witzig.«

»Cousine und Cousin von *dir*?«

»Nein, untereinander. – Sagt man so?«

»Keine Ahnung. Ich hoffe nur, es stört es sie nicht, dass du mich anschleppst.«

*

Das Auto von Sandras Eltern stand nicht auf dem Hof, und auch das Motorrad ihres großen Bruders John war nirgends zu sehen. Dafür waren überall Fahrräder abgestellt. Im ganzen Haus brannte Licht, und hinter den Fenstern bewegten sich Leute. Ich spürte ein Ziehen im Magen, aber auch Six schien nervös, was mich komischerweise beruhigte.

»Alles klar?«, fragte er vor der Haustür, und ich nickte.

Mit Sandra war ich immer hinten über die Terrasse gegangen, aber wir beide waren ja offizielle Partygäste. – Hätten wir eigentlich was mitbringen sollen?

»Moment noch!«, sagte ich.

Eins der Blumenbeete neben dem Haus konnte sicher eine Herbstblume entbehren. Ich brach eine große lila Aster ab und zeigte sie Six.

»Clever«, sagte er.

Dann klingelten wir.

*

Ich war mir sicher, dass es bei Sandra noch nie so laut gewesen war. Nicht mal in der kurzen Zeit, als John sein mangelndes Talent als Musiker einer Rockband unter Beweis gestellt hatte. Da hatten auch öfter die Scheiben geklirrt, aber nicht so.

»Oh daaanke!«, flötete Sandra, als ich ihr die Blume entgegenstreckte.

Dann legte sie mir mit einem seltsamen Lächeln die Hand auf die Schulter. Auf meinen irritierten Blick hin zog sie die Hand weg, lächelte aber genauso seltsam weiter. Ihre Wangen waren gerötet, und ihre Augen glänzten. Hatte sie was getrunken?

Sie betrachtete die Blume in ihrer Hand an und runzelte die Stirn. Vermutlich ging ihr auf, woher das Teil stammte.

»Six, Sandra. Sandra, Six«, sagte ich, um sie abzulenken.

Six, der gerade seinen Rucksack abgestellt hatte, schenkte ihr ein strahlendes Lächeln und gab ihr die Hand. Sie lächelte nicht mehr seltsam, sondern albern, und ich verspürte plötzlich Lust, die beiden zu schütteln. Bis er ihre Hand losließ und nach meiner griff, als wollte er zeigen, das wir zusammengehörten. Sandras Augenbrauen hoben sich bis zum Haaransatz.

»Dann seid ihr zwei also …«, begann sie, wurde aber von einer lauten Stimme unterbrochen.

»Sandraaa! Bringst du noch Cola, es ist driiingend!«

Es war Lusse, die klang, als wäre es *ihre* Party.

Sandra stöhnte.

»Sie nervt«, sagte sie und ging in Richtung Küche.

Hatte sie so lange gebraucht, um es zu merken?

»Nehmt euch, worauf ihr Lust habt!«, rief sie uns über die Schulter zu. »Und macht ihr die Tür auf, wenn es klingelt? Es sind noch nicht alle Gäste da.«

Ich war eher überrascht, wie viele schon im Haus herumliefen. Und gar nicht wenige davon hatte ich noch nie gesehen. Auch nicht irgendwann in Sandras Nähe. Wie viele Leute sie wohl eingeladen hatte?

51

In der Küche standen wild durcheinander Getränke, Chips, Popcorn und Süßigkeiten bereit. Außer den üblichen Limonaden in Dosen gab es auch ein fast leeres Glasgefäß mit etwas, was nach einer giftgrünen Bowle aussah. In der Pfütze, die noch den Boden bedeckte, lagen ein paar einsame Trauben. Nicht dass ich davon hätte probieren mögen, aber mich hätte interessiert, ob es etwas in der Bowle war, das Sandras rote Wangen und ihr seltsames Benehmen erklärte.

Wir nahmen uns jeder eine Dose Limo und gingen ins Wohnzimmer. Das Sofa war voller Leute, die halb aufeinandersaßen oder -lagen. Ein großes Mädchen, das ich noch nie gesehen hatte, hockte im Schneidersitz vor der Stereoanlage und wühlte sich durch die Vinylplatten von Sandras Vater. Ich kenne niemanden, der so pingelig mit seinen Sachen umgeht wie Sandras Vater. Er würde ausflippen, wenn ihm jemand seine wertvollen Platten zerkratzte. Aber Sandra, die gerade mit einem Armvoll Coladosen vorbeihetzte, rief dem Mädchen nur zu, dass es im Schrank neben dem Sofa noch mehr davon gebe.

Six und ich gingen ins Esszimmer und sahen Lusse

und Viktoria mit ihrer Clique und ein paar anderen Partygästen um den Tisch sitzen. Sandra war kurz vor uns gekommen und verteilte gerade die herbeigeschaffte Cola. Ich erkannte zwei Mopedjungs aus der Achten und erinnerte mich, dass sie Tord und Kevin hießen. Neben ihnen saßen zwei Kaugummi kauende Mädchen aus der Neunten, von denen ich wusste, dass sie einen feministischen Blogg betrieben. Dass die coolen Mädels da waren, wunderte mich.

»… wie ein Frosch auf Ecstasy, ehrlich. Ich dachte, oh Gott, ich sterbe! Nicht mal mein alter Dad tanzt so schlecht, und dann macht er auch noch den Taucher …«

»Wieso Taucher?«

Es war Kevin, der Lusse mit seiner Frage ins Wort fiel, aber es hätte auch ich sein können.

»Wieso Taucher – *hallo*?«

Lusse hielt sich mit Daumen und Zeigefinger einer Hand die Nase zu, streckte den Zeigefinger der anderen Hand in die Luft und bewegte dann den ganzen Arm in einer wellenartigen Bewegung nach unten.

»Ach so!«, riefen ein paar in der Runde.

Kevin und ich waren anscheinend nicht die Einzigen, denen man das mit dem Taucher erklären musste.

»Also jedenfalls hatte der Frosch den Taucher so gut drauf, dass er sich bei der Aufwärtsbewegung den Zeigefinger ins Auge gebohrt hat und sie ihn in die Notaufnahme bringen mussten. Unglaublich, dass einer sich mit so einer Nummer an die Öffentlichkeit traut!«

Empörtes Kopfschütteln am Tisch, aber als ich Six anschaute, sah ich, wie seine Mundwinkel zuckten.

»Un-glaub-lich«, wiederholte er, das Wort stumm und übertrieben deutlich mit den Lippen formend.

»Lu-sse«, sagte ich auf dieselbe Weise.

Genau da entdeckte sie uns.

»Halloooo! Na endlich!«

Sie sprach mit der gekünstelten Samtstimme, die sie wie auf Bestellung aus der Kehle zaubern konnte, wenn sie jemanden bezirzen wollte.

Alle drehten sich um und sahen Six und mich an.

»Hallo!«, sagte ich im vollen Bewusstsein, dass es nur Sekunden dauern würde, bis ... Yes, da war es schon! Lusse knipste alle ihre Strahlelampen an und richtete sie auf Six. Sie klimperte mit den Wimpern und öffnete die übertrieben glänzenden Lippen zu einem Monsterlächeln.

»Sind wir uns schon mal begegnet?«

»Nein«, antwortete Six, ohne eine Miene zu verziehen. Das war alles.

Ungewohnt für Lusse, die wohl erwartet hatte, dass er sich auf den Rücken schmiss und mit den Pfoten wedelte. Ihre Strahlelampen erloschen, ihre Wangen röteten sich, und ich sah, wie sie unterm Tisch Viktoria ans Schienbein trat – wohl das Zeichen, dass die Gute übernehmen sollte. Was sie nach einem Räuspern auch tat.

»Wusstet ihr, dass Frauen doppelt so oft blinzeln wie Männer?«, fragte sie in die Runde.

»Wie? – Nein«, sagte Tord. »Und ich glaub auch nicht,

dass es stimmt. Ich wette, das ist wieder irgend so ein sexistischer Quatsch.«

Er schielte dabei zu der neben ihm sitzenden Bloggerin, aber die stand auf, als hätte sie weder Viktorias Frage noch seine ranwanzerische Antwort gehört.

»Ich muss eine rauchen, kommt jemand mit?«

»Ich«, sagten, außer ihrer Mitbloggerin, auch Tord und Kevin und sprangen so schnell auf, dass sie fast mit den Köpfen zusammenstießen.

Ich biss mir in die Wangen, und auch Six fiel es sichtlich schwer, sich das Lachen zu verkneifen.

52

Es klingelte an der Tür, und Sandra ging aufmachen.

»Setzt euch doch!«, sagte Lusse und zeigte auf die frei gewordenen Stühle.

»Wir wollten auf die Terrasse«, sagte ich und zog Six fort.

Auf der Terrasse angekommen, machten wir die Tür zu und lehnten uns ans seitliche Geländer.

»Fast noch interessanter als im Wald bei den Elchen«, sagte Six. »Aber ich glaube, man hält's nicht lange aus.«

Er schaute durchs Fenster auf die Leute drinnen.

»Mit dir natürlich schon«, sagte er schnell.

»Wenn Amanda und Sebastian auftauchen, wird es besser.«

Sowieso wunderte ich mich, dass sie noch nicht da waren.

»Hoffentlich. Wenn sie an deiner Schule alle so wären wie die da drinnen, müsste ich dich nämlich leider entführen. So ein Leben hast du einfach nicht verdient.«

Von Six entführt zu werden hörte sich gar nicht so verkehrt an, aber das sagte ich natürlich nicht, sondern wechselte das Thema.

»Was wirst du machen, wenn du wieder zu Hause bist?«

»In die Schule gehen zum Beispiel. Von den paar Wochen im Herbst abgesehen, ist mein Leben ziemlich normal.«

»Kein Drachenreiten? Kein Trapperleben?«

»Das Trapperleben ist doch wohl mehr deine Sache«, sagte Six.

Dann wurde die Terrassentür geöffnet, und Amanda und Sebastian kamen heraus. Amanda fächelte sich theatralisch mit beiden Händen Luft zu wie eine Dame aus dem 19. Jahrhundert, die gleich in Ohnmacht zu fallen drohte.

»Wie schön, dich zu sehen!«, sagte sie. »Das Bling-Bling da drinnen tut einem ja in den Augen weh.«

Sie war zwar schicker angezogen als ich, sah aber trotzdem nicht aufgebrezelt aus. Sie benutzte keinen Nagellack, kein Lipgloss und auch sonst nichts, was glänzte oder glitzerte. Sebastian trug Jeans und Pulli wie sonst auch. Wenn Lusse ihn gesehen hatte, war sie wahrscheinlich halb bewusstlos vor Glück, dass der Überirdische auch zur Party kam.

Amanda und Sebastian stellten sich Six vor.

»Kommst du auch aus der Gegend?«, fragte Amanda, während wir uns an den Terrassentisch setzten. »Ich glaub, ich hab dich noch nie gesehen.«

»Ich bin nur auf der Durchreise und muss heute Abend

noch weiter«, sagte Six und rückte seinen Stuhl etwas näher an meinen.

Er nahm wieder meine Hand, und Amanda sah mich fragend an.

Ja doch! Und klar würde ich ihr alles erzählen.

»Wie wär's damit?«

Sebastian hatte ein Kartenspiel herausgeholt.

»Können alle Mau-Mau?«

»Logisch«, sagte Six.

Sebastian verteilte die Karten, und wir begannen zu spielen.

53

Sebastian war mit dem Mischen der Karten dran, und aus Rache, dass er bis dahin schon so oft gewonnen hatte, erzählte Amanda, dass er in der Vierten so in seinen Fußballtrainer verknallt gewesen sei, dass er ihm eine Art Liebesbrief geschrieben habe. Aber er ließ sich nicht provozieren.

»Nichts Holderes auf der Welt als eine junge Liebe!«, sagte er nur und ließ die Augen flattern.

Im Übrigen sei Amanda selbst jahrelang in ihren Nachbarn verknallt gewesen, zwischen sieben und elf mindestens, und aufgehört habe es erst, als sie ihn in der Schlange vorm Kino einen Popel habe essen sehen.

»Mein größter Traum war, seine Lippen zu küssen, und dann lutscht er sich damit den Popel vom Finger … bah!«

Amanda schüttelte sich und trank einen Schluck von der Limo, die sie mit nach draußen gebracht hatte.

Das nächste Spiel gewann Sebastian wieder, und wir anderen brachen in ein gespieltes Stöhnen aus.

»Erinnere ich mich falsch, oder hast du damals überall den Namen von dem Trainer hingekritzelt?«, fragte Amanda scheinheilig. »Doch, hast du. Grönholm hieß er. Einmal hab ich im Sommerhaus die Müslipackung genommen, und überall stand Grönholm, Grönholm, Grönholm ...«

»Grönholm?«, fragte ich und sah einen tollen Fußballer mit roten Haaren vor mir. »An den kann ich mich sogar erinnern!«

Amanda nickte.

»So verliebt wie Sebastian war ich jedenfalls noch nie, nicht mal in Popello.«

»Popello! Stimmt, so haben wir ihn genannt!«

Sebastian schüttelte sich vor Lachen, und wir anderen ließen uns davon anstecken.

»Wir hatten ein Mädchen in der Klasse, zu dem haben alle nur Glibberhaar gesagt«, erzählte Six, als wir uns wieder eingekriegt hatten.

»Oh Gott, wie fies!«, sagte Amanda.

»Eigentlich nicht«, sagte Six. »Sie wollte Künstlerin werden und hatte sich den Namen selber ausgedacht.«

Amanda und Sebastian verstanden sich gut mit Six, was mich allerdings nicht wunderte. Irgendwie war es, als würden wir vier uns schon wer weiß wie lange kennen. Wenn ich es mir recht überlegte, redeten wir beim Kartenspielen über Dinge, über die ich mit Sandra nie geredet hatte. Bei uns war es mehr um den Alltag gegangen, darum, was es zu erledigen gab und was wir als Nächstes machen sollten. Mit Six, Amanda und Sebastian war es mehr ein witziges Herumspinnen und Geschichtenerzählen, und wie sich herausstellte, lachten wir über genau die gleichen Sachen.

Irgendwann kam dann Sandra auf die Terrasse. Sie sah etwas weniger aufgelöst aus, wirkte aber schrecklich nervös, als sie einen zusätzlichen Stuhl an den Tisch zog und sich neben mich setzte.

»Sie reden von den Ferien«, sagte sie so leise, dass nur ich es hören konnte. »Gerade ist John nach Hause gekommen, und ich *weiß*, dass sie ihn nach der Safari fragen werden.«

»Und was wäre so schlimm, wenn sie erfahren, dass du ein bisschen geflunkert hast?«, fragte ich, obwohl ich wusste, dass es für Sandra so was wie das Weltende bedeuten konnte.

»Ich weiß, du schuldest mir nichts, und das Recht, sauer zu sein, hast du sowieso – aber kannst du mir trotzdem helfen? Du hast immer so viel bessere Ideen – *bitte*!«, sagte Sandra.

Wenn ich in mich hineinhorchte, war ich gar nicht mehr so sauer auf sie. Inzwischen war sie mir einfach ziemlich egal. Weshalb ich ihr in einem Anfall von Großzügigkeit tatsächlich zu helfen beschloss.

»Komm mit!«, sagte ich.

Lusse und Viktoria saßen immer noch am Esstisch, aber nicht mehr alle aus der Clique. Auch die Bloggerinnen und die Mopedjungs sah ich nicht. Dafür waren andere dazugekommen, und einer davon war John.

»Hier«, sagte Sandra und warf eine Tüte Chips auf den Tisch. Die hatte sie unterwegs aus der Küche geholt, damit es aussah, als wäre sie nur deshalb weg gewesen und nicht etwa wegen mir.

John schaute auf.

»Was soll das mit der *Safari*?«, fragte er. »Wieso erzählst du, dass wir nach Afrika fahren?«

Sandra sah aus, als würde sie gleich in Tränen ausbrechen.

»Es ist meine Schuld«, sagte ich. »Ich hab mit ihr gewettet, dass sie es nicht schafft, Lusse und Viktoria reinzulegen. Sorry! Aber wenigstens hat sie gewonnen.«

John lachte.

»Die haben dir wirklich *geglaubt*?«, fragte er seine kleine Schwester.

»Natürlich *nicht*«, wehrte sich Lusse, wurde aber – vielleicht zum ersten Mal in ihrem Leben – puterrot.

»Und was hast du gewonnen, Schwesterchen?«, fragte John, als hätte er Lusses Einwand gar nicht gehört. Und wie es aussah, bemerkte er auch nicht die schmachtenden Blicke, die sie ihm zuwarf.

Aber *ich* bemerkte sie, und plötzlich wurde mir klar, warum Sandra in der Clique so schnell aufgestiegen war. Typisch Lusse, dass sie immer irgendwelche Hintergedanken hatte.

»Dass sie sich nicht mehr um die Hütte am See zu kümmern braucht«, antwortete ich an Sandras Stelle.

»Danke!«, flüsterte Sandra mir ins Ohr. »Das vergess ich dir nie.«

»Schlechter Gewinn«, sagte John. »Die Hütte ist doch klasse. Sogar ich häng dort manchmal ab.«

Wie jetzt?

War meine Hütte eine Art Jugendtreff, und ich hatte es als Einzige nicht gecheckt?

Im Wohnzimmer legte das Mädchen, das in den Platten von Sandras Vater gewühlt hatte, David Bowie auf.

»Ich will jetzt tanzen«, sagte Lusse.

Sie ging ins Wohnzimmer, und die Hälfte der Leute um den Esstisch folgte ihr. Ich machte mich schnell aus dem Staub.

54

Als ich auf die Terrasse kam, hatten sich Amanda, Sebastian und Six in einen Stapel muffiger Decken aus der Holzkiste neben der Terrassentür gewickelt, aber es schien nicht zu helfen. Amandas Nase war rot vor Kälte, und Sebastian blies auf seine Finger. Der Einzige, dem die Kälte nichts auszumachen schien, war Six. Von jemandem, der es um die Jahreszeit in einem Camp aushielt, konnte man das aber auch erwarten.

»Ich hab morgen ein Fußballturnier und muss bald los«, sagte Sebastian.

Six schaute auf sein Handy und fluchte.

»Shit, der Nachtbus fährt um elf, und es ist zwanzig vor! Ohne Fahrrad schaff ich das nie.«

»Ich kann dich auf dem Gepäckträger mitnehmen, aber viel Zeit bleibt uns dann auch nicht«, sagte Sebastian.

Die beiden standen auf und machten ihre Jacken zu. Six hatte, während ich weg war, vorsorglich seinen Rucksack aus dem Flur geholt und setzte ihn auf.

»Was meint ihr, müssen wir Tschüs sagen und uns bedanken?«, fragte Sebastian.

Die Tanzfläche im Wohnzimmer war brechend voll,

und der einzige Weg durchs Haus hätte mitten durch die tanzende Menge geführt.

»Ich glaub nicht, dass jemand was merkt, wenn wir durch den Garten verschwinden«, sagte Six.

Er stand noch auf demselben Fleck, und trotzdem gab es mir einen Stich mitten ins Herz. Wenn mir nicht gleich was einfiel, verschwand er einfach so mit Sebastian in der Nacht, und ich blieb allein zurück. Oder okay, mit Amanda, aber das war ja wohl kein Trost.

»Los, komm!«, sagte sie. »*Du* fährst bei *mir* mit.«

*

Amanda und Sebastian traten in die Pedale und gaben ihr Bestes, während Six und ich sie anzufeuern versuchten. Wir waren darin nur leider gar nicht gut und schienen sie eher zu bremsen. Als wir den Busbahnhof erreichten, zeigte die Uhr auf dem Dach des Gebäudes 22.56 Uhr.

»Danke fürs Mitnehmen!«, sagte Six. »Johanna, kannst du mir mit der Fahrkarte helfen?«

Sebastian verdrehte lachend die Augen.

»Ich Armer weiß nämlich nicht, wie man mit Busfahrern redet ...«

»Pst! Du sagst doch selbst, nichts Holderes auf der Welt als eine junge Liebe!«, erinnerte ihn Amanda.

»Viel Glück morgen bei deinem Turnier!«, sagte ich zu Sebastian.

»Ich erzähl am Montag, wie's gelaufen ist.«

»Und *ich* … äh … hätte da mal eine Frage«, sagte Amanda. »Nämlich ob es *vielleicht* noch was Spannenderes gibt als Sebastians natürlich *unheimlich* wichtiges Fußballturnier.«

Amanda schaute dabei mich an. Und dann Six.

Worauf ich ihr und Sebastian zuwinkte und mit Six zum Bus rannte, der schon in der Haltebucht stand. Die letzten Fahrgäste waren gerade eingestiegen. Wir blieben stehen und schauten uns an.

»Was ist? Wir fahren los!«, rief der Busfahrer und startete den Motor.

»Gleich!«, sagte Six.

Sein Blick wanderte über mein Gesicht und blieb an meinem Mund hängen.

»Äh, ja«, sagte er, dann beugte er sich vor und legte seine weichen Lippen auf meine.

*

Der Kuss dauerte nur ein paar Sekunden, aber ich merkte mir jedes kleine Detail: seine Hand auf meiner Hüfte, seine offenen Haare, die mich an der Wange kitzelten, seine Lippen, die nach Cola und Kaugummi schmeckten.

Plötzlich wusste ich: Das ist es, wovon alle immer reden. Und ich wusste auch, dass ich bis dahin nichts verstanden hatte.

Danksagung

Dank an Caj, Ida-Lina und Hannele Mikaela für clevere Ideen und gute Ratschläge!

Malin Klingenberg, geboren 1979, gehört zu der schwedischsprachigen und -schreibenden Minderheit in Finnland. Sie schreibt sehr erfolgreich für Kinder und wurde u. a. mit dem Runeberg Junior Preis ausgezeichnet. »Elchtage« ist ihr erstes Jugendbuch.

Ausführliche Informationen über
unsere Autorinnen und Autoren und ihre Bücher
finden Sie unter www.dtv.de

Die Übersetzung wurde gefördert
von FILI – Finish Literature Exchange

FILI FINNISH LITERATURE EXCHANGE

MIX
Papier aus verantwortungsvollen Quellen
FSC® C014496
FSC www.fsc.org

1. Auflage 2021

Titel der Originalausgabe: Älgflickan
Published originally in Swedish by Schildts & Söderströms
Published by agreement with Helsinki Literary Agency
(Helsinki, Finland)

Umschlag: Max Meinzold, München
Satz: Anja Grad, Satz für Satz, Wangen im Allgäu
Druck und Bindung: GGP Media GmbH, Pößneck
Printed in Germany · ISBN 978-3-423-64076-3